Dieter Borrmann

ENDMORÄNE

ROMAN

D. Borrmann

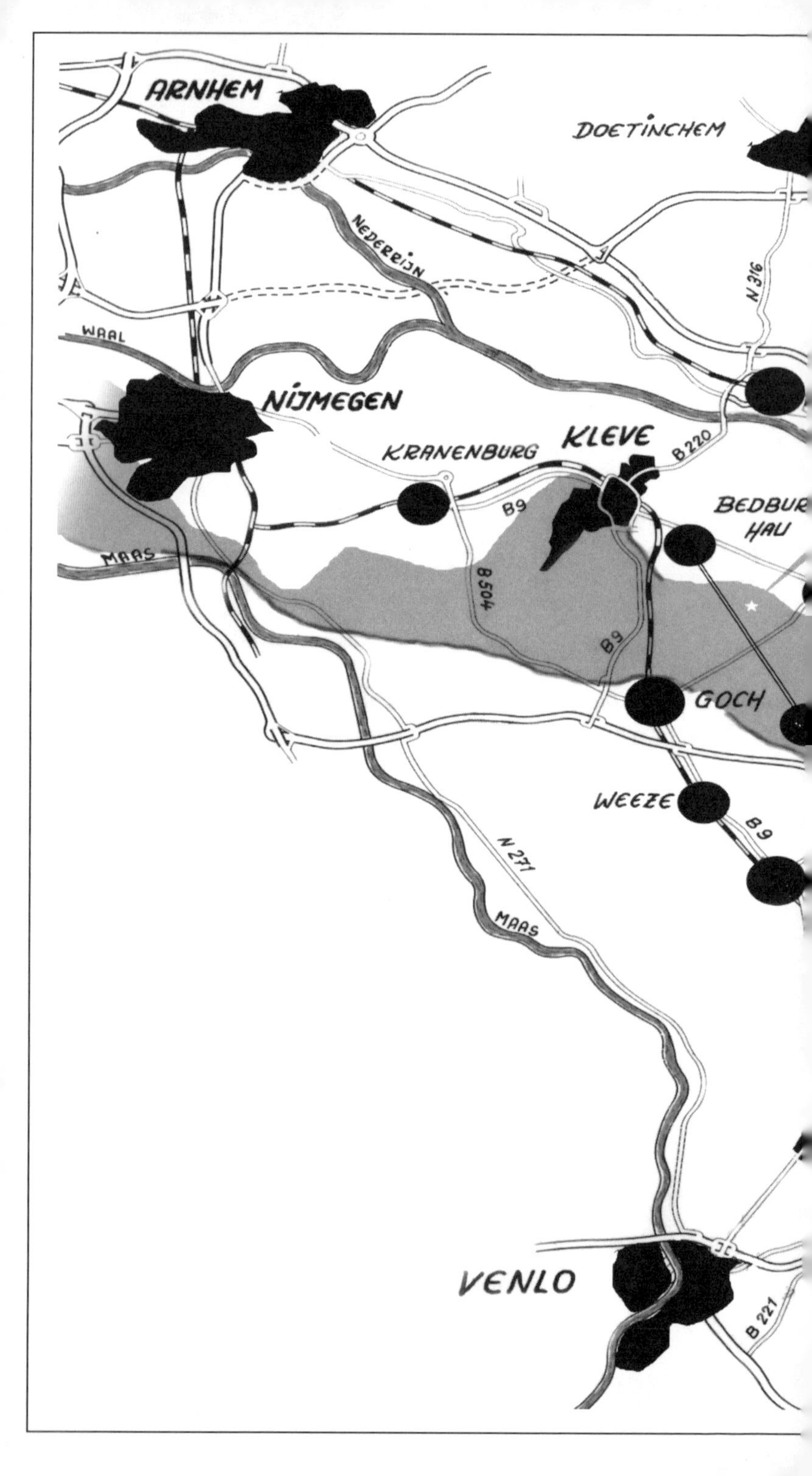
ARNHEM
DOETINCHEM
NEDERRIJN
N 316
WAAL
NIJMEGEN
KLEVE
B 220
KRANENBURG
B9
BEDBUR
HAU
MAAS
B504
B9
GOCH
WEEZE
B 9
N 271
MAAS
VENLO
B 221

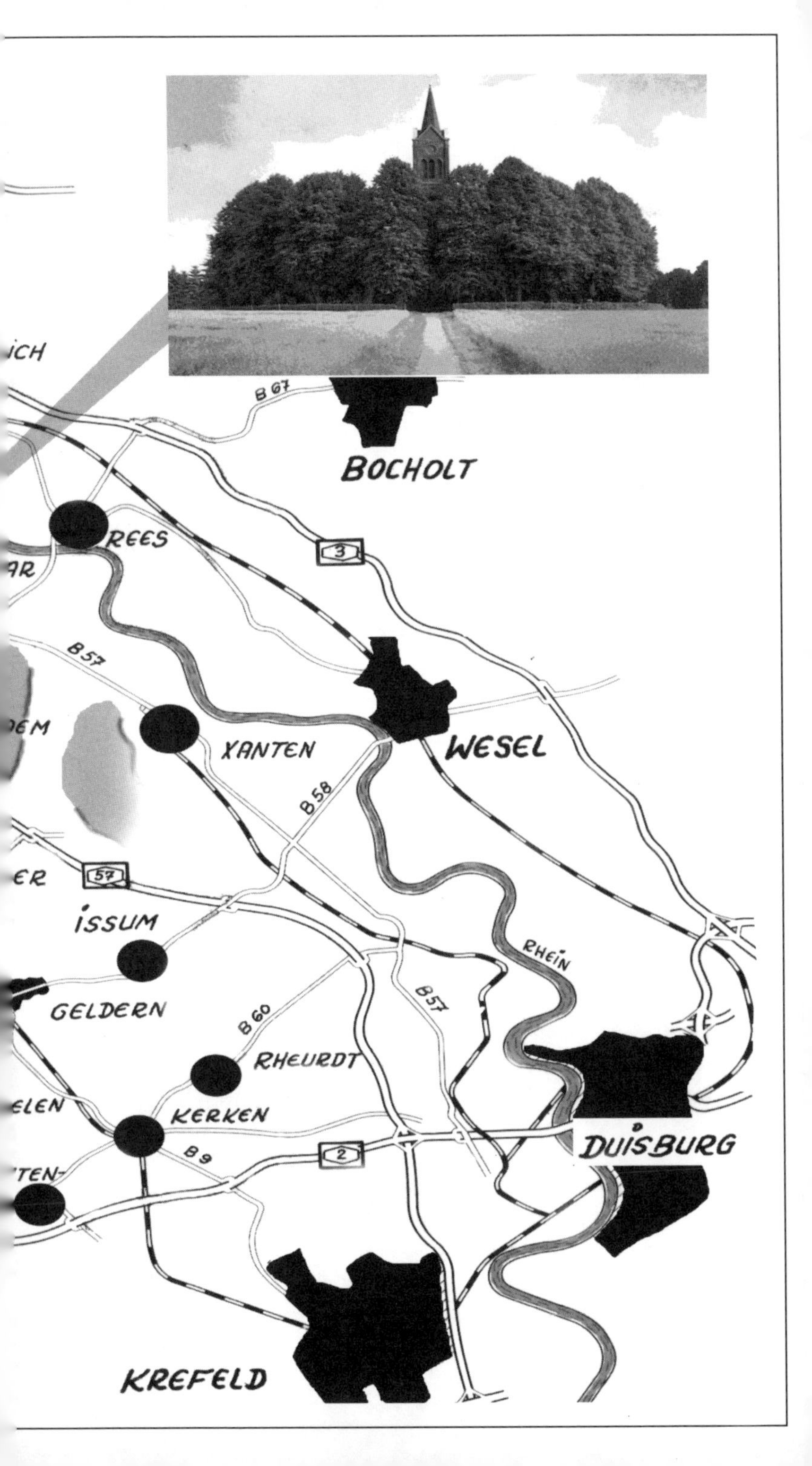

BOCHOLT
B 67
REES
3
B 57
WESEL
XANTEN
B 58
57
ISSUM
RHEIN
GELDERN
B 60
B 57
RHEURDT
KERKEN
B 9
2
DUISBURG
KREFELD

„Vieles Unbegreifliche und Merkwürdige des alltäglichen Lebens bietet – in Verbindung mit den Fabeln, Legenden und Erscheinungen alter Überlieferungen – jede Menge Raum für Phantasien und kühne Interpretationen!“

Dieter Borrmann

Dieter Borrmann

ROMAN

Eiskalt war sie gekommen –
und sie hütet ein gefährliches Geheimnis

B.o.s.s Druck und Medien GmbH

Die Deutsche Bibliothek – CIP-Einheitsaufnahme

Borrmann, Dieter:
Endmoräne: Roman / Dieter Borrmann. – Kleve:
B.o.s.s-Dr.-und-Medien, 1998
ISBN 3-9805931-1-8

ISBN 3-9805931-1-8

Umschlaggestaltung: Dieter Borrmann
Druck und Vertrieb: B.o.s.s Druck und Medien GmbH, Kleve

INHALT

Die Konsequenz

Mein Blick gleitet durch den leeren Raum. Wie sich ein Zimmer doch verändern kann, wenn so gar nichts mehr drin steht. So sieht es jetzt in der gesamten Wohnung aus. Unglaublich. Und man erkennt, daß selbst frischgestrichene Wände verdammt schnell nachdunkeln. Viele helle Rechtecke zeigen, wo einmal Bilder ihren Platz hatten. Gardinen fehlen an den Fenstern, und eine Unzahl Dübellöcher sind nutzlos geworden, nachdem sämtliche Regale und kistenweise Bücher vor zwei Tagen von einer Spedition aus der Wohnung geschafft wurden.
Die Maisonne hat so früh am Vormittag schon wärmende Kraft und streut mit ihren Strahlen ein angenehmes Licht über den unansehnlich gewordenen Parkettboden.
Ich sitze auf der Fensterbank und blicke die Brabanter Straße hinunter, in der ich zehn Jahre gewohnt habe.

Ich stehe auf und schlendere ins fremdwirkende Arbeitszimmer. Ich schaue nach oben. Die alte Deckenlampe kann bleiben – ganz sicher?

Die Wände wirken auf einmal übergroß: Keine Bilder, kein Poster – nichts mehr da.

Die Sachen werden um diese Zeit schon im bayrischen Kelheim sein, unserer neuen Heimat. In einigen Stunden werde ich auch dort sein.
Becca, meine Lebensgefährtin, hatte großes Glück. Bei der Kelheimer Sparkasse wird sie schon zum nächsten Ersten anfangen können. Da hat sich ihr hiesiger Arbeitgeber toll verhalten und bei der Vermittlung geholfen.
Warum wir hier unsere Zelte abbrechen, wollt Ihr wissen? Weshalb ich den schönen Niederrhein verlasse und alle meine liebgewonnenen Freunde?
Glaubt mir, es fällt mir wahrlich nicht leicht. Immerhin bin ich hier aufgewachsen, und meine ganze Jugend habe ich am Niederrhein verbracht. Auf dem Lande, in Hasselt, einem kleinen Ort nahe Kleve. Hier bin ich zur Schule gegangen und hier habe ich nach dem Foto-Designstudium bei meinen Eltern gewohnt.
Als ich den Job bei der Lokalredaktion der größten hiesigen Tageszeitung als Fotoreporter angeboten bekam, zog ich nach Kleve – in diese Wohnung.
Becca ist ’96 zu mir gezogen, obwohl wir schon seit Frühjahr ’94 zusammen sind.
Schließlich war sie es, die mich beriet, als ich nach dem Diebstahl meiner kompletten Fotoausrüstung ’93 von der Sparkasse das Geld für eine neue Kamera und Dunkelkammerausrüstung benötigte.

Ich übertreibe nicht, wenn ich behaupte, daß es bei uns Liebe auf den ersten Blick war. Becca – eigentlich Rebecca – Ubermeyer, ist schlanke 1,70 m, blond, hat ein fröhliches Wesen, und auf blaue Augen stand ich schon immer, auch wenn sie, wie in diesem Falle, hinter einer Brille strahlen.
Und deshalb habe ich Angst.
Angst um meine Becca – Angst um mich – aber auch Angst um meinen Niederrhein. Denn das, was ich mittlerweile weiß, sollte besser niemand erfahren.
Oder vielleicht gerade doch?
Natürlich sollte sich jeder selbst ein Urteil darüber bilden. Möglicherweise sehen viele die Situation anders – glauben, daß ich überreagiere. Ist mir auch egal.
Was ich mit Kollegen und Freunden in den Sommermonaten 1993 recherchiert habe und worüber wir seit Frühjahr '97 bittere Gewißheit haben, ist faszinierend wie schockierend zugleich. Ein Freund ist damals nur deswegen verunglückt, weil er mit meinem Auto fuhr und mit mir verwechselt wurde.
Wir beide, Becca und ich, haben uns jedenfalls entschlossen, dieser Region den Rücken zu kehren.
Und ich hoffe im Interesse aller Niederrheiner, daß unser Umzug umsonst ist, daß ich mich irre, daß die Fakten nicht stimmen, die ich kenne, und das im Jahre 2002 nicht die katastrophalen Ereignisse ihren Lauf nehmen, deren Anzeichen immer noch registriert werden.

Ich merke schon, Ihr haltet meinen Pessimismus für übertrieben. Einige werden nach Lesen dieses Buches gar behaupten, ich würde spinnen! Na gut. Ich behaupte aber, wenn heraus käme, was hier im Sommer '93 vertuscht wurde, dann würdet Ihr anders denken.
Ihr wollt's wissen? Seid Ihr Euch da wirklich sicher?
Okay. Es ist 14.00 Uhr und ich habe noch reichlich Zeit, bis mein Taxi kommt, das mich zum Bahnhof bringen soll. Also werd' ich Euch die Geschichte erzählen.
Setzt Euch besser hin, denn diese Geschichte klingt so unglaublich und doch logisch, weil Realitäten unwahr und Phantasien zur Wirklichkeit werden.
Ihr werdet Dinge hören, die Euch bekannt vorkommen und doch rätselhaft sind; Begebenheiten, die Ihr bestätigen werdet, und eigene Erlebnisse, von denen Ihr niemandem erzählt habt, geraten in ein neues Licht.
Und alles nur, weil Ihr und ich hier am Niederrhein leben, in der Nähe einer gefährlichen ENDMORÄNE.

Chris van Heuvel, Fotoreporter

Tödlicher Beweis

Dienstag, 11. Maerz '97

Gottseidank war es entgegen den Vorhersagen nicht glatt auf den Straßen. Diese Nacht war trocken, kalt, sternenklar. Und es war Vollmond.
Deutlich zeichneten sich die Konturen der hügeligen Landschaft im hellen Mondlicht. Das Schattenspiel der Bäume und Sträucher sorgte für eine gespenstische Abwechslung.
Nur wenige Autos waren in dieser Nacht unterwegs. Kaum eins fuhr schneller als 80 km/h.
Vielleicht war es die Angst vor Rutschpartien – oder aber man genoß einfach diese völlig unhektische Nachtzeit.

Auch der Niederländer Guido de Hooge war in dieser Nacht unterwegs.
Den Abend im Kastellrestaurant konnte man durchaus als gelungen bezeichnen. Guido de Hooge war sehr zufrieden mit den Geschäften des Tages. Bei einem gepflegten Essen und einem guten Tropfen fanden er und sein Geschäftsfreund den rechten Ausklang. Nach zwei Gläsern Wein stellte Guido auf Wasser um.

Schließlich wollte er noch selbst nach Kleve fahren.
Gegen 00.10 Uhr verabschiedete er sich, stieg in seinen BMW und startete in Richtung Kalkar. Am ‚Lindchen' bog er links in die Uedemer Straße ein.
Die Musik aus dem Autoradio paßte zu Guidos guter Laune. Der Geschäftsmann überlegte gerade, ob er in Kleve noch etwas unternehmen soll, als die Musik plötzlich verstummte.
Jetzt geschah Seltsames.
Die komplette Elektronik des Wagens schien auf einmal verrückt zu spielen.
Als der Wagen sich der Abfahrt Kuhstraße näherte, glaubte de Hooge, für Bruchteile von Sekunden einen Blitzstrahl gesehen zu haben, der senkrecht in den Himmel schoß. Gleichzeitig beschleunigte der Wagen wie von Geisterhand und raste los.
Augenblicke später fielen die Scheinwerfer aus. Guido de Hooge konnte die Straße vor sich nicht mehr erkennen. Er versuchte zu bremsen. Vergebens.
Der Wagen brach aus und bohrte sich frontal in einen Baum.
Guido de Hooge war auf der Stelle tot. Vom Schwung des Aufpralls pendelten die nicht angelegten Sicherheitsgurte hin und her. Ebenso plötzlich wie sie erloschen, sprangen die Scheinwerfer wieder an. Sie bewirkten jetzt ein gespenstisches Licht. Aus dem Radio tönte ein alter Schlager.

Sirenen von alarmierten Polizei- und Rettungswagen heulten durch die Nacht und brachen sich im Dickicht des nahegelegenen Tannenbusch.
Die Uhr des BMW war zerbrochen. Sie blieb stehen – genau um 0.20 Uhr.

„Informiere den Master Controller Major Adomeit!" Radarleitoffizier Leutnant von Gruitens schickte seinen Assistenten, den Gefreiter Derrik, in den Ruheraum für Offiziere der unterirdischen Luftraumüberwachungseinheit der NATO hier im ostfriesischen Aurich.
Bis jetzt war die Nacht absolut ruhig. Wie immer, wenn das Nachtfliegen vorbei ist und keine planmäßigen NATO-Übungen laufen.
Die Nachtflugeinsätze waren in der Regel sowieso spätestens um 23.30 Uhr beendet, und außer einigen Linienmaschinen zeigten die Radarschirme nichts an.
Ausgenommen jene Signale, die in regelmäßigen Abständen für eine gewisse Aufregung im Operational Center sorgten.
Die Schwingtüren flogen auf.

Major Adomeit betrat den Kontrollraum und forderte eine Meldung. Dabei eilte er zum nächstbesten Radarschirm und musterte die wenigen einzelnen Signale.
„Herr Major, wir empfangen unbekannte Signale mit ungeheurer Intensität, die von unseren Geräten nicht identifiziert werden können. Den Messungen zufolge schießen irgendwelche metallischen Kleinteile in unmittelbarer Nähe unserer Empfangsantenne in Marienbaum mit gigantischer Geschwindigkeit senkrecht in den Himmel."
„Schon wieder. Danke, Leutnant von Gruitens." Der Major setzte sich vor einen der großen, runden Schirme und fragte: „Sind das diese verdammten Erscheinungen, die wir schon seit Jahren ohne Erfolg zu deuten versuchen?" „Ich fürchte ja, Herr Major, jedoch in einer Stärke, die wir so bisher noch nicht aufgezeichnet haben. Wir haben die Radarabtastung für den Bodenbereich zugeschaltet – es macht den Eindruck, als kämen diese Teile direkt aus dem Boden geschossen."
„Ich verstehe. Egal. Einfach ignorieren und weitermachen", befahl der Master Controller und verließ den Radarüberwachungsraum.
Leutnant Gruitens schaute ihm nach.
Ohne aufzusehen rief Derrik: „Herr Leutnant, die Signale werden schwächer. Es sieht ganz so aus, als verschwänden sie gleich."

„Auch gut. Machen sie einen Eintrag über Beginn und Ende der Signalaufzeichnung.“

Der Leutnant schaute noch einige Minuten auf den Schirm, auf dem jetzt wieder absolute Ruhe herrschte. Lediglich drei Lufthansa-Maschinen und eine British Airways waren unterwegs, wie an den Flugnummer-Einblendungen zu erkennen war.

Er setzte sich auf einen der Drehstühle und begann, genüßlich in einer mitgebrachten Penthouse zu blättern. Dieses Magazin schien allemal interessanter als jene blöden Signale vom Niederrhein. Schließlich wurden die schon aufgefangen, als er noch zur Schule ging.

„Gäbe es wenigstens noch Nachtflieger, Derrik, dann hätten wir zumindest etwas Action hier … aber so?“

Derrik nickte wortlos.

Nachdem er die Eintragung über die Beobachtung beendet hatte, blätterte er im Kontrollbuch Seite für Seite zurück und zählte drei ähnliche Vorfälle, allein in den letzten zwei Jahren. Und jedesmal waren es zwei Abschüsse innerhalb einer halben Stunde.

„Herr Leutnant, wissen sie eigentlich, ob man diese Erscheinungen schon mal näher untersucht hat?“

„1993 soll in der damaligen Radarstation Uedem erhebliche Unruhe gewesen sein. Selbst die Amerikaner mischten sich ein. Ist aber nichts bei rausgekommen. Mehr weiß ich auch nicht. – Was ist, wollen sie die erste Schicht übernehmen, Derrik?“

Derrik schaute rüber und nickte abermals: „Klar doch, Herr Leutnant."
Er war neugierig geworden und wollte noch die Eintragungen älterer Kontrollbücher überprüfen. Sein Interesse war geweckt. Besonders, weil die Signale, die er heute zum ersten Mal während seiner Nachtschicht mitbekommen hatte, dort empfangen wurden, wo er herkam: aus Goch.
Ich rufe morgen einmal meinen Freund Lars Mücker an, dachte Derrik, der macht in Goch Dienst. Der müßte doch etwas darüber sagen können. Natürlich konnte der Gefreite Derrik nicht wissen, daß er die Bücher des Jahres 1994 vergeblich suchen würde. Diese lagen seit jener Zeit beim Kommandeur unter Verschluß. Wie auch die mitgeschnittenen Bandaufzeichnungen von Gesprächen verschiedener Radarleitoffiziere während der ersten Signalregistrierungen.

Später wurde ermittelt, daß in dieser Nacht, während des 30minütigen Signalempfanges zwischen 0.20 Uhr und 0.50 Uhr am Unteren Niederrhein wieder zwei dieser seltsamen Abschüsse aus dem Boden registriert worden sind.

Nach Mitternacht wurde ich angepiepst. Ich war länger aufgeblieben, um noch einige Archivarbeiten zu erledigen. Jetzt erwartete man meinen Rückruf in der Redaktion.
„Hallo, hier ist Chris. Was gibt's?"
„Schwerer Unfall auf der Uedemer Straße – Abfahrt Kuhstraße, wahrscheinlich Tote. Fahr sofort hin."
Es war Wim Graachten, der diese Nacht Redakteur vom Dienst war. Und der Informationsfluß zwischen Polizei und Presse funktioniert ziemlich gut.

Es war kalt und ungemütlich.
Vor fünf Minuten kam mir der Notarztwagen entgegen – ohne Blaulicht. Was in diesem Fall bedeutete: Zu spät. Eile ist nicht mehr geboten. Kurze Zeit später fuhr auch der Leichenwagen an mir vorbei.
Die Scheinwerfer der zwei Polizeiautos erhellten die gesperrte Unfallstelle. Einer der Beamten schien etwas Bestimmtes auf der Fahrbahn zu suchen. Ich kannte ihn.
Schnell ging ich auf den Polizei-Obermeister zu. „Hallo Hermann, schon erste Spuren?"
„Nichts zu sehen. Absolut nichts zu sehen." Er sah mich an, klappte seinen Jackenkragen hoch: „Hallo, Chris."
„Was sieht man nicht?" wollte ich wissen.
„Na, hier – keinerlei Bremsspuren sind zu sehen. Der Fahrer hat überhaupt nicht versucht, zu bremsen."

„Hermann, ich sah den Notarztwagen, dann den Leichenwagen – hat's viele Tote gegeben?"
„Nur einen. Der Mann war bereits tot, als wir eintrafen. Sie haben ihn kurz untersucht und dann freigegeben."
„Habt ihr denn schon was über den Toten? Kann ich mir etwas notieren?"
Neuerdings durfte ich auch schon mal einige Zeilen für die Zeitung schreiben. Brachte neben der Fotoarbeit zusätzlich ein paar Mark in die Tasche.

Hermann schaute mich an. „Nein, eigentlich nicht. Vielleicht ist der Fahrer am Steuer eingeschlafen – plötzlich aufgewacht, Schreck gekriegt – versuchte noch zu korrigieren und dann – zack – ran an die Linde." Mit einer schnellen Handbewegung demonstrierte er den Crash.
„Und was ist mit Fremdbeteiligung?" horchte ich weiter „Kannst du dazu was sagen?"
Der Obermeister machte einen genervten Eindruck: „Hör 'mal, auf den ersten Blick ist ein Fremdverschulden auszuschließen. Könnte doch möglicherweise einer von diesen ‚Sekundenschlaf'-Fällen sein. Komischerweise wieder auf der Uedemer Straße. Komm, mach endlich deine Fotos und dann hau ab, damit wir unsere Arbeit machen können!"
Mittlerweile traf auch der Abschleppwagen ein.
Ich erinnere mich an eine ganze Reihe dieser ‚merk-

würdigen Unfälle' – speziell hier auf diesem Straßenabschnitt.
Die Konsequenz dieser Unfälle war, daß auf der Uedemer Straße ein absolutes Überholverbot gilt. Doch die Unfälle – gerade nachts – hörten nicht auf.

Nachdem ich noch einige Fotos gemacht hatte, fiel mein Blick auf den vom Mond angestrahlten Louisendorfer Kirchturm, der nur wenige hundert Meter vom Unfallort entfernt steht – wie ein stummer Zeuge des Geschehens.
Vielleicht war aus dem Dorf noch jemand um diese Zeit unterwegs und hatte etwas gehört oder gesehen? Ich werde die Bewohner morgen befragen.

Auf der Rücktour beschloß ich, meine Kamera überprüfen zu lassen. Bei einer der ersten Aufnahmen am Unfallort war mir, als ginge das Blitzgerät etwas zu früh los.

Rückblick 1818

Die Vorbereitungen für das Gründungsfest liefen seit Tagen auf Hochtouren. Überall sah man Leute, die an ihren Häusern Verschönerungen vornahmen oder andere, die Straßen und Wege säuberten. Es sollte ein großer Tag werden.
Daß die Pfälzer Kolonisten feiern können, wußten längst auch die Einheimischen. Und dieses Mal hatten sie wahrlich einen besonderen Grund: 75 Jahre Ansiedlungsrecht im Clevischen, erteilt durch Friedrich den Großen im Jahre 1743.
Adam Becker und Michael Grossart hatten persönlich im fernen preußischen Berlin vom König die Siedlungserlaubnis zwischen Kleve, Goch und Kalkar erhalten. Das verheißungsvolle Amerika, eigentliches Ziel der Kolonisten, war vergessen.
Allerdings wurde das zugeteilte Siedlungsgebiet allmählich zu klein. Nachkommen und Nachgereiste aus der Heidelberger Heimat machten Ausweitungen erforderlich.

Friedel Grossard, 68jähriger Spross der ersten

Kolonistengeneration und Mitglied des Gemeindeausschusses, war für die Ausschmückung der Festwiese an der Kirche verantwortlich. Und alles lief nach Plan.
Der 24. Mai 1818 war ein wunderschöner Tag. Gerahmt vom schönsten Himmelsblau gab es im feinsten Pfälzer Dialekt Festreden von Vertretern der südlichen Heimatgemeinde sowie Grußworte von Abgesandten des Clever Magistrats.
Um 15.00 Uhr begann die Zeit der Kinder mit Spielen, Spaß und Gaukeleien. Braten, Bier und Wein stand in Mengen für die Erwachsenen bereit. Fleißige Frauen steuerten die feinsten Kuchen bei. Es wurde viel erzählt, gelacht und ohne Unterlass getanzt auf dem eigens dafür verlegten Tanzboden. Viele Pfälzer Trachten gaben dem bunten Treiben und dem Anlass dieses Festes den passenden Rahmen.

Friedel Grossard war mit dem Fest rundum zufrieden. Bedauerlicherweise hatte er noch keine Zeit gefunden, mit den anwesenden Vertretern der Stadt Calkar über eventuelle Ankäufe von städtischen Flächen zu reden. In drei Tagen würden er und andere Honoratioren der Gemeinde über eine neue, notwendig gewordene Siedlung mit Calkar verhandeln.
Grossard verließ gegen 23.00 Uhr das Fest. Der Witwer war es nicht mehr gewohnt, bis in den Morgen hinein zu feiern. Außerdem schmerzte sein Rücken.

Er schloß die Tür seines Hauses auf und wollte gerade hineingehen, als jemand seinen Namen rief.
Er drehte sich um. Im schwachen Mondlicht erkannte der alte Pfalzdorfer eine männliche Gestalt. Der schwarz gekleidete, hager wirkende Fremde kam langsam näher. Der eigenwillig geformte Hut ließ ihn sehr groß erscheinen.
„Friedel Grossard", wiederholte der merkwürdige Fremde, „ich habe auf euch gewartet". Grossard war wirklich kein ängstlicher Mann, aber dieser Bursche war ihm doch etwas unheimlich.
„Was kann ich für euch tun?" Er stellte sich breitbeinig in die Türöffnung, als wolle er niemanden ins Haus lassen. „Haben wir uns vielleicht schon mal gesehen?"
„Führt mich in eure Stube. Ich muß mit euch reden." Seltsam ruhig und mit einer Armbewegung schob er den verdutzten Alten zur Seite und verschwand im Haus. Friedel glaubte, diesen Mann von früher zu kennen.
Er folgte ihm ins Haus.

Die Kerze, die Friedel anzündete, gab dem niedrigen und spärlich eingerichteten Raum eine geradezu geheimnisvolle Atmosphäre. Der Mann setzte sich unaufgefordert auf einen Stuhl.
Er war ungefähr 1,80 m groß, glatt rasiert, mit schwarzen Haaren und langen Koteletten, die unter

seiner Kopfbedeckung herausragten. Sein Alter schätzte Friedel auf 50 Jahre.
„Auch euren Vater besuchte ich", begann der unheimliche Gast zu erzählen, „und auch ihr werdet – so hoffe ich – die euch übertragene Aufgabe zuverlässig erledigen."
Grossard verstand kein Wort. Er wußte aber jetzt, wo er diesen Mann schon einmal gesehen hatte.
Es dürften fast 60 Jahre seitdem vergangen sein. Er selbst war damals 8 Jahre. Seine Familie hatte, wie viele andere Familien auch, ihr ganzes Hab und Gut verkauft, um wenige Tage später die erhoffte Reise nach Amerika antreten zu können. Mehr als ein Jahr hatten sie damals in Holland darauf warten müssen, ein Schiff zu bekommen, welches sie von Rotterdam aus in die Neue Welt bringen würde. Damals konnte er noch nicht verstehen, daß es in erster Linie religiöse denn wirtschaftliche Gründe waren, die diese Auswanderung so nötig machten. Nur merkwürdig: Der damalige Besucher seines Vaters, der wirklich viel Ähnlichkeit mit diesem Mann hatte, war auch damals schon gute 50 Jahre alt.
„Setzt euch, Friedel Grossard!" Er forderte seinen Gastgeber mit einer Armbewegung auf, den gegenüberstehenden Stuhl zu nehmen.
„Hört gut zu", fuhr er fort, als Grossard sich wortlos setzte, „euer Vater war zeitlebens ein rechtschaffener Mann. Und er war verschwiegen. Ich weiß, daß er vor

28 Jahren so plötzlich verstarb, daß er keine Gelegenheit mehr hatte, euch, Friedel Grossard, in das Geheimnis des TAGOON einzuweihen."

Während er sprach, nestelte er an seinem Rock und holte ein von Tüchern umwickeltes, flaches, ca. 25 x 45 Zentimeter großes Objekt hervor. Eine lederne Banderole, mit einem Siegel versehen, hielt die Tücher fest umschlossen.

Grossard hatte solch ein Siegel noch nie gesehen: Alchemistisch anmutende Zeichen umrankten kreisförmig einen Ring und zwei große verzierte Buchstaben: GT.

Mit leisem Knacken brach der Fremde das Siegel auf, löste den Ledergurt und zog langsam die Tücher ab. Auf dem nackten, rauhen Holztisch lag nun ein metallisches, kreuzförmiges Objekt. Zentriert in der Mitte gab es eine kleine Erhöhung in Form einer Pyramide. Diese Pyramide und einzelne von der Mitte des Objekts nach außen weisende Rillen schienen aus purem Gold zu sein. Das Gebilde an sich war silbrig und so intensiv poliert, daß es selbst im schwachen Licht der Tischkerze blendete. Grossard konnte den Blick nicht abwenden.

„Was ist das, in Gottes Namen?"

„Das TAGOON."

Ganz behutsam strich der Fremde über das glänzende Metall, „mein Freund – das TAGOON", wiederholte er erfurchtsvoll. „Wegen dieses Zeichens seid ihr hier und nicht in Amerika. Euer Vater hat die unermeßliche Bedeutung dieses Geheimnisses erkannt und dafür gesorgt, daß der Plan erfüllt werden kann."

„Von was für einem Plan sprecht ihr?" Nie hatte Friedels Vater mit ihm über eine solche Sache gesprochen. Nie fiel der Name TAGOON. „Wir sind hier, weil der holländische Kapitän seinerzeit mehr Geld für die Überfahrt verlangte, als meine Eltern aufbringen konnten."

„Das ist die offizielle Version, guter Freund." Jetzt nahm der Fremde seinen weiten Hut vom Kopf. Trotz seines Alters hatte er ungewöhnlich schwarze Haare auf dem Kopf. Die seitlichen Koteletten reichten tief hinunter und schienen die Ohren vom restlichen Gesicht zu trennen.

„Der Kapitän hat sich nur so verhalten, wie euer Vater und ich es wünschten. Versteht doch: Diese erste Siedlung MUSSTE hier gebaut werden. Und auf keinen Fall von Einheimischen – sondern von Leuten mit einer anderen Religion. So war sichergestellt, daß Einheimische dieses Gebiet nicht für ihre land- und forstwirtschaftlichen Zwecke nutzen konnten, ja sogar, daß sie über Jahrzehnte den notwendigen Abstand zu den ‚andersgläubigen' Kolonisten wahrten."

„Wir sollten nie nach Amerika?" flüsterte Grossard, „aber warum denn nicht?"

„Weil ihr die Hüter des TAGOON seid. Denn auch schon euer Großvater sowie euer Urgroßvater wußten,

daß eines Tages die Zeit kommen würde, da das TAGOON sich befreien und den Menschen die wahre Erkenntnis bringen wird."
Der unheimliche Fremde stand auf und ging auf den nachdenklichen Pfälzer zu.
„Daß ihr vor 50 Jahren vom preußischen König ohne Probleme die Rechte zum Siedeln bekamt, lag nicht am Verhandlungsgeschick eurer Unterhändler." Dabei schüttelte er ganz langsam den Kopf. Erinnert ihr euch an das Treffen Friedrichs des Großen mit dem Philosophen Voltaire? Das fand ganz in der Nähe statt: Auf Schloß Moyland – genau ein Jahr vor eurem Siedlungsbegehren. Selbstverständlich war der durch Erkrankung des Königs notwendige Aufenthalt inszeniert und die Reise nach Brüssel nie ernsthaft geplant. Als Voltaire dann später eintraf, war er in Begleitung eines Mannes, der der eigentliche Grund des Treffens auf Schloß Moyland war. Dieser Mann sollte aber auf Wunsch des Königs in der Chronik nie erwähnt werden. Der ungenannte Begleiter blieb nur einen Tag und eine Nacht. Während dieser Zeit wies er den Monarchen in ein großes Geheimnis ein und der König begriff schnell seine Aufgabe in diesem Plan."
Die letzten Worte sprach er sehr betont. Dabei drehte er sich zum Fenster, lauschte einen Augenblick dem Gejohle auf dem Festplatz und drehte sich dann langsam zum sichtlich verwirrten Friedel Grossard um.

„Doch nun zu meinem Besuch bei euch. Ich weiß, daß neues Land angeschafft werden soll, um einen neuen Ort zu errichten. Darüber werden wir uns jetzt unterhalten. Und morgen zeigt ihr mir dann euren fähigsten Schlosser und Schmied."

Friedel Grossard kam in dieser Nacht nicht mehr zu seinem Schlaf. Aber nicht wegen seiner Rückenschmerzen. Sein ganzes weiteres Leben sollte sich nach dem Besuch des ungewöhnlichen Fremden mit dem schwarzen Haar grundlegend ändern.

Dienstag, 11. Maerz '97

Es war 11.00 Uhr. Der Kaffee im Becher war schon wieder kalt geworden. Na schön. Gelangweilt tippte ich meinen Bericht in den Computer.

„Hier wird nach Zeilen bezahlt – und nicht nach Stunden“, murmelte ich. Dabei fiel mein Blick auf die in der Ablage liegenden Fotoabzüge des letzten Nachteinsatzes.

Ich gönnte der Tastatur eine Ruhepause, um mir die Fotos nochmal genauer anzusehen.

„Das war 'mal ein flotter BMW“, sagte plötzlich jemand hinter mir.

Ich drehte mich um und sah in das Drei-Tage-Bart-Gesicht von Wim, mit dem ich zusammen dieses Büro teilte.

„Und wetten, daß die Polizei auch hier wieder vor einem Rätsel steht?“ Wim liebte es, zu wetten. Dabei griff er blitzschnell an mir vorbei, schnappte sich meinen Becher Kaffee und schlürfte ihn aus.

„Wetten, daß du nicht wußtest, daß der Kaffee eiskalt war?“ erwiderte ich grinsend.

Wim Graachten war Sportredakteur, Holländer und außerdem noch zu haben. Aber scheinbar wollte bislang niemand uns von diesem unrasierten Typen befreien.

„Wim, mein Bester, wie kommst du da drauf?“ fragte ich.

„Wie ich gehört habe, geschah dieser Unfall auf der Uedemer Straße. Darum."
„Interessant, nicht? Aber komm' bitte mal her und schau' dir dieses Foto an. Sag' mir, ob dir etwas auffällt."
Ich hielt ihm eines der Bilder entgegen.
„Ja, und? Ist ein normales Unfallfoto – ich sehe nichts Ungewöhnliches. Was soll denn damit sein?"
Er hielt es demonstrativ an seine Nase und zuckte dabei mit den Schultern. „Nö, ich sehe nichts."

Ein Telefon läutete.
Ich schaute Wim bittend an.
„Komm', sei so gut – geh du ran – ich, äh, ich muß meinen Bericht unbedingt fertigschreiben." Übertrieben heftig haute ich auf die Tasten ein. Wim nickte.
„Ja bitte? – Rheinische Post, Kleve. Wim Graachten am Apparat. Was kann ich für sie tun?"
Wim lauschte angespannt. „Wie war der Name? GAZ TOGDOR? – Ja, sicher, der Chris arbeitet noch hier. Augenblick bitte." Wim deckte die Sprechmuschel mit der Hand ab und blickte zu mir rüber.
„Chris, kennst du einen Gaz Togdor aus Heidelberg? Der will dich sprechen, unbedingt."
Wim hielt mir den Hörer entgegen.
Schon als Wim das erste Mal den Namen Gaz Tagdor nannte, hörte ich automatisch auf zu tippen und guckte in Richtung des Holländers.

GAZ TOGDOR!
Und ich hatte so gehofft, nie wieder von diesem Gaz Togdor zu hören.
„Was ist nun, Chris? Der Mann wartet …"
„Gib schon her."
„ Hallo, hier ist Chris. Chris van Heuvel."
„Guten Tag, Chris. Ich nehme an, sie erinnern sich noch an mich: Gaz Togdor aus Heidelberg."
Ich erkannte sofort den undefinierbaren Dialekt mit dem Kieks in der Stimme.
„Ja natürlich, Herr Professor. Natürlich erinnere ich mich an sie. Es war schließlich eine aufregende, wenn auch kurze Zeit mit ihnen zusammen."
Wim sah, wie ich die Augen verdrehte.
„Wer ist das?" fragte er flüsternd.
Ich machte eine abwinkende Armbewegung und tippte mit dem Zeigefinger an die Stirn.
„Lieber Herr Professor, was gibt es denn Gutes, daß sie mich nach Jahren anrufen? Sie führen doch hoffentlich nicht schon wieder etwas im Schilde?"
„Wir müssen uns unbedingt treffen, Chris. Ich komme Mittwoch, also morgen nach Kleve. Dann habe ich keine Vorlesung – das paßt. So gegen elf Uhr werde ich in Kleve … nein warten sie mal … wir treffen uns am besten in Rees. Kennen sie das Café Rheinblick? Bestimmt kennen sie das! Und bringen sie auch Paul Brakel mit. Der ist doch noch bei euch, oder? Paßt euch das zeitlich?"

Der Professor schien ziemlich aufgeregt zu sein. Ich forderte Wim auf, mitzuhören.
„Was ist denn los, Herr Professor?"
„Nicht am Telefon, Chris. Nur soviel: Ich habe jetzt den BEWEIS, den wir '93 vergeblich gesucht haben. Also morgen um elf Uhr in Rees – und bitte pünktlich."
Und plötzlich, ohne Verabschiedung hatte Gaz aufgelegt.
„Was war das denn für eine Marke?" Wim hatte die letzten Sätze des Professors vom Nebenapparat mitgehört.
„Sag, kennst du noch mehr solche Spinner?"
„Genau, Spinner ist das richtige Wort für den Mann."
Ich starrte auf meinen Monitor, auf dem der Bericht immer noch auf seine Fertigstellung wartete und murmelte immer wieder nur ein Wort vor mich hin: Beweis, Beweis, Beweis …

„Was meint der mit Beweis?" fragte Wim, zog sich einen Drehstuhl vom Nebentisch heran, setzte sich und schien jetzt eine Story von mir hören zu wollen.
„Komm Junge, erzähl!"
„Weißt du was?" erwiderte ich, „du holst mir einen heißen Becher Kaffee und ich erzähle dir dann eine verrückte Geschichte, die du mir so schnell nicht glauben wirst."
So eilig habe ich Wim selten losrennen sehen, um für andere Kaffee zu holen. Tja, wenn der Herr Graachten

wüßte, was ’93, noch bevor er hier anfing, abgelaufen ist ….

Verflixt, ich mußte Paul ja noch aufstöbern. Der sollte doch morgen mit nach Rees. Wie es dem wohl geht?
Ich sprang auf den Flur vor unserem Büro und rief laut und vernehmlich: „Weiß jemand, wo Paul Brakel jetzt zu finden ist?“
Pech. Keiner reagierte.
Heute Nachmittag werde ich ihn suchen müssen, dachte ich.

Der halbfertige Bericht vom nächtlichen Unfall interessierte mich auf einmal nicht mehr. Ich vergaß sogar, die bisherigen Textfetzen zu sichern. Was soll’s.
„Da ist der Kaffee“, der Drei-Tage-Bart hatte gleich vier volle Becher mitgebracht, „und nun pack aus …“
„Moment noch“, ich ging an meinen Tisch, griff in die Ablage und hielt ihm nochmal die Unfallfotos hin.
„Ist dir wirklich nichts aufgefallen hierdrauf? Ich bin da auf etwas ganz Merkwürdiges gestoßen. Los, komm doch mal näher her zur Lampe.“

Es war eine freudige Überraschung, Becca schon in ihrem Auto vor dem Büro stehen zu sehen, als ich ausnahmsweise mal pünklich um 18 Uhr das Redaktionsgebäude verließ. Meinen Wagen hatte ich für einen Routinecheck in die Werkstatt gebracht.
„Der Parkplatz war rappelvoll. Da habe ich einfach hier gewartet", erklärte Becca.
Jaja, der Feierabendverkehr – gerade in unser Kreisstadt bildete er wieder ein kleines Chaos. Man sollte einmal darüber schreiben, dachte ich.
„Wie war's heute?" wollte sie wissen, als ich auf der Beifahrerseite einstieg.
„Bekomme ich denn keinen Begrüßungskuß?"
„Aber Schatz, na klar." Becca beugte sich zu mir rüber und gab mir einen zärtlichen Kuß.
Während sie den Wagen in Bewegung setzte und auf eine Lücke im fließenden Verkehr wartete, erzählte ich ihr von den Fotos.
„Becca, du weißt doch, daß ich letzte Nacht zu einem Unfall raus mußte. Heute habe ich mir die Aufnahmen mal genauer angeschaut. Da bin ich auf etwas Seltsames gestoßen."
„Was Seltsames?" Becca löste für einen Augenblick ihren Blick von der Fahrbahn und schaute mich an. „Was meinst du mit seltsam?"
„Ich hab´die Fotos dabei. Wenn wir zu Hause sind, zeige ich sie dir, was ich meine. Du wirst staunen."
„Da bin ich aber gespannt." Becca beobachtete die

Passanten, die links und rechts der Straße entlang eilten. „Übrigens muß ich noch eben in die Unterstadt. Dauert aber nicht lange. Schlimm?“
„Nein, überhaupt nicht“, entgegnete ich, „ich kann bei der Gelegenheit meine Kamera im Fotogeschäft nachsehen lassen. Der Blitz arbeitet scheinbar nicht sauber.“

„Dauert nicht lang“, nörgelte ich, als ich hinter Becca die Treppen hochstiefelte – mit Fotokoffer und Einkaufstüten. „Jetzt haben wir fast halb Acht!“
Die Wohnungstür schnappte hinter uns ins Schloß. Ich ging in mein Arbeitszimmer, um eine Lupe zu holen. Becca begann unterdessen, etwas Essbares zu bereiten.

Rebecca Ubermeyer arbeitete, seit sie vor 8 Jahren aus Ingolstadt nach Kleve kam, als Kundenberaterin in der Hauptgeschäftsstelle der Sparkasse. Mit ihren 28 Jahren hatte sie sich in der Kredit-Abteilung durch gute Leistungen eine gute Position erarbeitet.
„Wo möchtest du essen?“ fragte Becca mit zwei Tellern in den Händen. „Im Wohnzimmer oder im Arbeitszimmer?“
„Ich komme ins Wohnzimmer.“
Seit einem Jahr war es UNSER Wohnzimmer. Seit sie zu mir gezogen war.
Mit Lupe und Fototasche folgte ich ihrer Einladung zur Couch-Ecke.

„Chris, hol' doch schon mal die Fotos." Becca war scheinbar sehr gespannt. Sie war noch schnell in die Küche geeilt, um Servietten und eine Flasche Wasser zu holen.
„Du auch?" fragte sie und zeigte dabei auf die Flasche.
Ich nickte.
Während wir aßen, schob ich ihr zwei Aufnahmen rüber.
„Sieh dir einmal dieses Foto an. Das habe ich letzte Nacht geschossen. Achte bitte auf den Hintergrund. Fällt dir da was auf?" Ich tippte auf das rechte Foto.
„Auf den ersten Blick … hmmm … holländisches Kennzeichen?"
„Nein, sorry, ich meine den Horizont. Diesen hellen senkrechten Strich dort. Als wenn ein schnurgerader Blitz in den Tannenbusch fährt. Oder nicht?"
Sie nahm das Foto in die Hand und rückte ihre Brille gerade. „Ich dachte, das ist eine Reflektion vom Fotoblitz oder ein Fehler beim Entwickeln."
„Nein nein", erwiderte ich hastig und hielt ihr eine zweite Aufnahme hin. „Schau' hier. Dieses Foto habe ich nur Sekunden später gemacht. Auch mit Blitzlicht - logisch – und? Da ist der Himmel total dunkel."
Meine Freundin sah auf diesem Bild nur Himmel und die Silhouette des kleinen Wäldchens Tannenbusch.
„Stimmt! Woran kann das liegen?" fragte sie, während ihr Blick vom einen zum anderen Bild wechselte.
„Genau das ist die Frage. Ich bin mir sicher, diese

hellen Streifen auf älteren Nachtfotos schon einmal gesehen zu haben. Ich weiß nur noch nicht, wo und in welchem Zusammenhang."
„Jetzt kürzlich?"
„Nein, muß schon länger her sein. Ich meine, als ich noch mit Paul unterwegs war. – Übrigens, ich brauch' den Paul morgen."
„Paul Brakel?"
„Ja. Ich werde ihn gleich anrufen, wenn wir mit dem Essen fertig sind. Hoffentlich hat er noch die alte Telefonnummer."
„Chris, wenn du in dein Arbeitszimmer gehst, nimm bitte die Fotos mit. Und diese zwei Teller bitte in den Geschirrspüler."

Endlich, gegen neun Uhr meldete sich Paul auf der anderen Seite der Leitung. Nach vielen Versuchen.
„Grüß dich, Paul. Hier ist Chris."
„Ach – hallo Chris", Pauls Stimme klang irgendwie müde.
„Hör' mal Paul, entschuldige bitte, wenn ich dich so einfach überfalle. Ich wollte schon längst einmal mit dir reden. Irgendwann. Doch jetzt ist etwas geschehen – und dafür brauch ich dich. Wenn du morgen vielleicht Zeit hättest, komm doch bitte gegen zehn Uhr zur Redaktion. Denn rate mal, wer heute angerufen hat."
„Keine Ahnung. Und zur Zeitung kommen – nein danke, da hab' ich keinen Bock drauf."

„Kann ich verstehen, Paul – ist auch ok. Aber ich brauch dich trotzdem. Gaz Togdor hat angerufen und will uns unbedingt sehen – uns beide.“
„Der spinnerte Professor? Geschenkt. Kein Bedarf.“ Jetzt hörte sich die Stimme nicht mehr müde, sondern verärgert an.
„Du mußt aber kommen. Wir wollen uns gegen elf Uhr in Rees treffen. Der Gaz klang ganz aufgeregt. Er faselte dauernd was von einem Beweis.“
„Beweis – wofür?“ fragte Paul.
„Gaz sagte, daß er für die 93er Vorkommnisse jetzt den Beweis hätte. Genaueres weiß ich auch nicht.“
„Mit der 93er Sache will ich rein garnichts mehr zu tun haben. Ich dachte, das wäre klar?“
„Jaja, ich doch auch nicht. Aber anhören sollten wir ihn. Also, gib dir 'nen Ruck und komm'. Kannst ja um zehn vor der Redaktion warten. Dann komme ich runter und wir fahren gemeinsam zum Treffpunkt.“
„Hmm. Ich überleg's mir. Ich verspreche aber nichts.“
Wortlos legte Paul Brakel auf und nur das Telefonsignal war noch zu hören.
Ob es richtig war, Paul damit zu konfrontieren? Ich wußte es nicht.
Mein Grübeln verflog, als ich Beccas Stimme hörte: „Chris, komm endlich wieder ins Wohnzimmer. Ich möchte dir auch was zeigen. Während du im Fotoladen warst, habe ich mir im Geschäft nebenan eine Kleinig-

keit für ‚drunter' gekauft, um dich zu überraschen. Na, wie gefällt dir das?"
„Wow", stammelte ich nur, als ich sie sah, und ich vergaß die Ereignisse des Tages für eine Weile.

Mittwoch, 12. Maerz '97

Monotonie Autobahn. Seit Stunden Dunkelheit und dazu der gleichbleibende surrende Klang des Dieselmotors. Wolkenfetzen gaben nur Teile des Sternenhimmels preis.
Als er in Heidelberg losfuhr, war klare Nacht.
Wolken ziehen auf, dachte Gaz und blickte durch die Frontscheibe gen Himmel. Dabei versuchte er, im Radio einen akzeptablen Nachrichtensender zu finden. Jetzt bloß kein Regen – das wäre schlecht für den Benz.
Auf dem Beifahrersitz hatte er seinen alten dunkelbraunen Aktenkoffer abgelegt. Ab und zu streichelte er den Koffer mit seiner rechten Hand. Dann wiederum ruhte seine Hand darauf und er klopfte mit den Fingern auf dem Deckel, als wolle er eine Melodie begleiten.
„Chris wird Augen machen", lachte er und blickte dabei auf den Koffer.

Vom Koffer wanderte der Blick in den Rückspiegel.
„Warum überholt der Idiot eigentlich nicht?“ zischte Gaz und beobachtete dabei zusätzlich den linken Außenspiegel. „Weit und breit sind doch keine anderen Fahrzeuge da?“
Gaz fühlte sich von den Scheinwerfern des Hintermannes stark geblendet.
Nun überhol’ mich endlich. Ich fahr doch nur 100 km/h.
Das Auto hinter ihm machte keinerlei Anstalten, auf die linke Spur zu wechseln.
Der Professor bremste langsam ab und setzte seinen linken Blinker als Zeichen, man möge ihn doch überholen.
Nichts geschah. Im Gegenteil: unverschämterweise verlangsamte auch dieser Wagen sein Tempo.
Gaz beschleunigte wieder. Der Verfolger ebenfalls.
Na, das kann ja lustig werden, dachte Gaz und schaute auf seinen Koffer.
Er war gegen Mitternacht in Heidelberg auf die Autobahn gefahren. Bei Nürnberg ging’s dann auf die A3 Richtung Köln. Zu dieser Zeit war noch etwas mehr Verkehr, als daß ihm ein Verfolger hätte auffallen können. Doch richtig – seit Frankfurt/Flughafen blieben ständig ein oder zwei Autos hinter ihm. Und er fuhr beileibe nicht schnell.
So, Schluß damit. Die nächste Raststelle wird angefahren.

Höhe Königswinter, kurz vor Ittenbach fuhr der Professor runter auf einen Parkplatz. Von seinem vermeintlichen Verfolger sah Gaz jetzt erstmals mehr, als nur dessen Scheinwerfer. Denn siehe da – dieser bog nicht ab. Der grüne Volvo – so weit der Professor den Wagen erkennen konnte – fuhr geradeaus weiter.

Bildete er sich das etwa ein? Nicht erst seit 1993 sah sich Gaz einer ständigen Überwachung ausgesetzt. Und wer weiß – das Material, das er in seinem Aktenkoffer mit sich führte, war nicht ohne Brisanz.
Zwei Minuten werde ich noch warten und dann weiterfahren, dachte der Professor. Zu diesem Treffen mit Chris und Paul wollte er sich auf gar keinen Fall verspäten.
Er schaute auf seine Uhr, trommelte nochmal kurz auf den Aktenkoffer und setzte seinen Wagen in Bewegung.
Schnell füllte sich die A3 mit Leben. Unzählige Berufstätige waren unterwegs zur Arbeit.
Gaz hoffte, daß sich ein anderer Verkehrsteilnehmer schlichtweg einen Spaß machen wollte, ihn ein wenig zu foppen. Vielleicht, weil auch dessen Fahrt langweilig war.
Ich liege gut in der Zeit. Noch ca. zwei Stunden, dann bin ich in Rees, dachte er zufrieden.
Trotz des dichter werdenden Verkehrs bekam Gaz zunehmend bessere Laune. Er freute sich auf das

Wiedersehen mit zwei alten Bekannten. Und auf den Besuch einer kleinen Pfälzersiedlung – gar nicht weit von Kleve, die er vor vier Jahren in eine große Unruhe versetzt hatte.
Ob man ihm das verziehen hatte? Gaz mußte ein wenig lächeln. Dabei strich er sich durch sein pechschwarzes volles Haar.

Die Nacht hatte sich bereits verabschiedet. Doch ein graudurchtränkter Himmel gab wenig Hoffnung auf einen strahlenden Mittwoch.
Gaz achtete so auf den Verkehr und studierte jedes Hinweisschild, daß er dabei nicht merkte, wie von

einem Parkplatz gleich hinter dem Leverkusener Kreuz ein dunkelgrüner Volvo seine Fahrt in Richtung Niederrhein fortsetzte, um sich ständig als viertes bis fünftes Fahrzeug hinter dem gutgelaunten Professor aus Heidelberg aufzuhalten.

Und wieder trommelten Gaz' Finger auf dem alten Aktenkoffer.
Und wieder streichelte die Hand das genarbte Leder und umspielte dabei gefühlvoll ein in den Deckel eingearbeitetes rundes Monogramm.

Seit zehn Minuten beobachtete ich durch das Fenster den Platz vor unserem Redaktionsgebäude. Wim sah das und schüttelte nur den Kopf.
„Paul kommt nicht", spottete er und textete weiter an seiner Sportkolumne.
Wir teilten uns diesen Raum. Doch glückseligerweise saßen wir uns nicht gegenüber. Unsere Tische hatten wir auseinandergestellt.
„Oh doch – er kommt!" erwiderte ich halblaut. Es sah aus, als redete ich mit dem Fenster.

Wieder schaute ich auf meine Armbanduhr und verglich die Zeit mit der der großen Wanduhr über der Tür. Beide zeigten genau 10.02 Uhr.
„Ich glaube nicht, daß er kommen wird.“ Wim schaute dabei nicht von seinem Computer hoch. „Wie wär’s mit einer Wette? Hey – traust du dich?“
„Schon verloren, Holländer.“
Soeben entdeckte ich Paul, wie er um die Ecke der Schloßstraße eilte, um dann beim Elsa-Brunnen innezuhalten. Deutlich konnte man sehen, wie Paul trotz seines Mantels fror.
Daß er nicht zu uns hochkommen würde, war mir klar. Also mußte ich runter.
„Ich fahre jetzt nach Rees. Halt die Ohren steif, Wim.“
In der Tür drehte ich mich nochmal auf dem Absatz um: „Eines noch: Zwei der Unfallaufnahmen von letzter Nacht sollten wir unbedingt labormäßig untersuchen lassen. Es könnte sein, daß ich zufällig einen Kugelblitz mit auf den Film gebannt habe. Bis später.“
„Kugelblitz, hahaha.“ Wim Graachten mußte lachen, das ihm aber schnell verging, als er enttäuscht feststellte, daß ich meinen Kaffee tatsächlich ausgetrunken hatte. So’n Pech.

Schweigend saßen wir in meinem Auto, daß ich in der Frühe schon aus der Werkstatt geholt hatte. Wir blickten durch die dicken Stahltrossen der Reeser Brücke auf den Rhein. Der Himmel schien noch wolkenverhangener. Unter uns hörten wir die Dieselmotoren eines flußaufwärts fahrenden Schubschiffes.

Vor unserem Treffen mit Gaz wollte ich noch einige Worte mit Paul wechseln.
Normalerweise sollte man auf dieser Brücke nicht halten. Heute war's mir egal.
Ich betrachtete Paul von der Seite. Lange hatte ich ihn nicht mehr gesehen. Er sieht schlecht aus, dachte ich.
„Nun sag' mir mal ehrlich, Paul, warum bist du gekommen? Ich habe nicht damit gerechnet", versuchte ich ein Gespräch und schaute ihm in die Augen. In müde und traurige Augen. Irgendwie kam es mir vor, als wäre Paul seit unserer Zusammenarbeit damals richtig alt geworden.
„Ich weiß nicht." Er blickte verlegen auf seine ungeputzten Schuhe. „Ich weiß es wirklich nicht. Vielleicht will ich auch einen Beweis, verstehst du. Etwas, was mir sagt, daß ich nicht verrückt bin. Einen Beweis, der mir hilft, meine Frau zurückzubekommen, meinen Kindern wieder in die Augen schauen zu können."
„Du mußt nicht mit, das weißt du doch, oder?"
„Doch, doch – geht schon in Ordnung. Ich will mit."
Paul schaute mich an. „Komm, wir fahren weiter."
Einen Augenblick mußte ich warten, bis ich mich in den Verkehr Richting Rees einfädeln konnte.
Ich stieß Paul mit dem Ellenbogen an.

„Hast du nicht gesehen?“ Ich zeigte mit dem Finger auf das Auto, das gerade an uns vorbeifuhr. „Da, das Nummernschild? Mensch Paul, da kommt doch tatsächlich der alte Gaz. Und er fährt immer noch den roten Benz.“
Einen LKW ließ ich noch vorbei und dann reihte ich mich hinter einem dunkelgrünen Volvo in die Spur ein. Um zum Cafe Rheinblick zu gelangen, mußten wir am Marktplatz des Rheinstädtchens vorbeifahren. Wir versuchten, einen der freien Parkplätze direkt am Cafe zu bekommen.
Wir hatten Glück.
Direkt vor dem Eingang des Lokals fand sich neben dem roten Benz des Professors die einzige freie Parkfläche.
Im Cafe sahen wir Gaz sofort und gingen zwischen den Tischen direkt auf ihn zu. Diesen Mann würde ich auf hundert Meter erkennen: Gaz Togdor.
Wie immer dunkel gekleidet. Den großen Hut behielt er natürlich auf. An seiner rechten Seite stand ein verschlissener dunkelbrauner Aktenkoffer.
Wir reichten uns die Hände zur Begrüßung. Unwillkürlich drehte ich mich um, da Gaz zum wiederholten Male und ganz auffällig an mir vorbei zur Türe geblickt hatte.
„Erwarten sie weitere Gäste?“ fragte ich.
„Nein. Keine weiteren Gäste. Mir war so, als sei da jemand ...“ Gaz winkte ab und forderte uns auf, an

seinem Tisch Platz zu nehmen. Ein Kellner nahm unsere Bestellung entgegen.
„Ich freue mich, sie beide gesund wiederzusehen", begann der Professor in seinem eigentümlichen Dialekt.
„Schon gut", fiel Paul Gaz ins Wort, „Chris sagte mir, sie hätten Neuigkeiten für uns."
„Neuigkeiten? Von wegen. Ich habe den BEWEIS! Den Beweis für unsere 93er Geschichte. Und mit diesem Beweis können wir allen zeigen, wer damals recht hatte."
„Ja, ok! Aber was ist denn das für ein toller Beweis?"
Ich hatte wirklich nicht die Lust, mehr Zeit als nötig hier zu verbringen und schaute unseren Einlader fordernd an.
„Ich weiß jetzt nämlich", der Professor machte eine kunstvolle Pause, sah abwechselnd Paul und dann mich an, „...nämlich genau, wo das TAGOON liegt. Ihr wißt schon: Das geheimnisvolle, 1822 verschwundene Metallobjekt."
„Oh bitte, bitte nicht das TAGOON." Paul reagierte unwirsch.
„Ich verstehe sie, Paul", erwiderte Gaz, „aber hören sie mir bitte erstmal zu."
Dann schaute er mich wieder an und fuhr fort: „Wollen wir unsere Glaubwürdigkeit zurückgewinnen? Klar. Was hat uns bislang gefehlt? Ein klarer Beweis. In den letzten Monaten und Wochen habe ich intensiv alte Schriften studiert, haufenweise Berechnungen aus-

geführt. Dazu noch jede Menge Leute befragt und, und, und … – jedenfalls werde ich jetzt nach meinen errechneten Koordinaten das Versteck des TAGOON finden und es holen. Mit diesem Beweis komme ich anschließend zu ihnen in die Redaktion. Ich hoffe, dann legen wir richtig los. Ihre Zeitung muß nicht nur darüber berichten, sondern soll dann auch helfen, die Bevölkerung aufzuklären."

„Ja, sollen wir denn nicht mit zum Versteck fahren, Herr Professor?"

„Nein nein – auf keinen Fall. Diese Aktion könnte gefährlich werden. Ich habe da ein ungutes Gefühl. Und niemand darf durch mich in Gefahr gebracht werden. Abgemacht?"

„Was meinen sie mit ‚Gefahr'?"

„Genau kann ich das nicht sagen. Vielleicht täusche ich mich ja auch." Er blickte auf seine Uhr. „Wir haben 11.20 Uhr. Entschuldigen sie, daß ich so unruhig bin. Wir müßten so viel bereden. Aber ich merke, daß ich erst beruhigt bin, wenn ich den Beweis in Händen halte. In der Redaktion werden wir sicherlich ausführlich miteinander reden können. Sagen wir – gegen ein Uhr in der Redaktion in Kleve. Okay, dann fahr' ich jetzt los."

Ohne seinen bestellten Kaffee auch nur angerührt zu haben, erhob sich der Professor und verließ sichtlich nervös – ohne sich noch einmal umzusehen – das Café. Der Bedienung deutete er an, daß wir die Rechnung übernehmen würden. Solches tat er schon vor vier Jahren gerne.

Paul und ich blieben noch zwei Kaffelängen.
Er erzählte mir, wie es ihm in der Zeit nach seinem freiwilligen Weggang von der Zeitung ergangen war. Einen anderen Job hätte er noch nicht finden können. Ich erfuhr, daß er nach seiner Scheidung von seiner Frau in Goch eine kleinere Wohnung bezogen hatte. Auch erzählte er mir von einem Therapieversuch, der aber kläglich gescheitert war. Zum Glück hatte er keine Alkoholprobleme, wie er mir versicherte.
Mein schlechtes Gewissen meldete sich – ich hatte mich viel zu lange nicht um ihn gekümmert.
Gegen 11.45 Uhr bezahlten wir und machten uns auf den Weg nach Kleve.

Die Tür wurde aufgerissen.
„Chris – sofort zum Chef kommen“, hörte Wim eine weibliche Stimme in perfektem Kommandoton.
Wären da nicht die vielen Plakate an Glaswand und Glastür angebracht worden, hätte Wim die Kollegin rechtzeitig kommen sehen.

So bekam er doch einen gehörigen Schreck.
„Ja bist du verrückt, Maria! Da soll doch vor Schreck der Computer abstürzen." Der Holländer war sichtlich bemüht, nicht noch unhöflicher zu werden.
„Chris soll zum Chef kommen", wiederholte die Redaktionssekretärin.
„Der Chris ist nicht hier."
„Dann entschuldige bitte, Herr Wilhelm Graachten."
Maria ging.
Wim machte sich fluchend wieder an die Arbeit.
„‚Wilhelm' – die spinnt wohl", schimpfte Wim, „wenn das jemand gehört hat. Das ist doch nicht zu glauben."
Minuten später öffnete sich abermals die Tür.
Der Chefredakteur W.A. Smeets betrat in Begleitung zweier Herren den Raum und kam an Wim's Tisch.
„Guten Tag, Herr Graachten, hören sie – diese beiden Herren sagen, sie wären vom Bundeskriminalamt aus Wiesbaden. Sie möchten gerne einige Fragen an sie richten."
„Fragen? An mich – ja wieso denn?" Wim guckte verwundert die drei Männer an. „Ich bin hier für den Sport zuständig. Wirtschaft und Politik sind ein Büro weiter."
Smeets reagierte gelassen: „Ja ja, Herr Graachten – aber dennoch …", und wandte sich dann an seine Begleiter: „Bitte sehr, meine Herren, fragen sie."
Die Beamten zeigten Wim ihre Ausweise und stellten sich vor. Dabei steckten sie die Ausweise so schnell wieder ein, daß Wim kaum etwas lesen konnte.

Wim verschränkte seine Arme vor der Brust und lehnte sich in seinem Stuhl genüßlich zurück, als würde gerade seine Mittagspause beginnen. Dabei fixierte er die Männer.
„Herr Graachten, sie sind Holländer?“ fragte der Größere der Männer. Er baute sich vor Wim auf, während der zweite Mann aus dem Fenster zur Schwanenburg hochschaute, sich aber dann am zweiten Arbeitsplatz im Zimmer zu schaffen machte.
„Ist das verboten?“ antwortete Wim bissig.
„Natürlich nicht … hmm – Na gut. Es geht schließlich auch nicht um sie. Wir möchten von ihnen etwas über Herrn van Heuvel erfahren.“
„Über Chris? Keine Ahnung. Über den weiß ich so gut wie gar nichts. Warum fragen sie ihn denn nicht selber?“
Der zweite Beamte kam heran, beugte sich zu Wim hinunter und flüsterte arrogant: „Das werden wir auch noch. Jetzt aber fragen wir sie. Also denken sie mal nach. Hat er vielleicht irgendwelche merkwürdigen Anrufe bekommen in den letzten Tagen? Oder hat er sich möglicherweise mit jemandem treffen wollen, der ihnen unbekannt war? – Na, fällt ihnen dazu etwas ein, Herr Graachten?“
„Lieber Mann! Hören sie gut zu“, entgegnete Wim völlig gelassen, „es bringt unser Beruf mit sich, daß wir Leute treffen, die wir überhaupt nicht kennen und trotzdem ausfragen – aber so etwas kennen sie ja. Das ist doch genau wie bei ihnen, oder?“

„Sie wissen also nicht, wo Herr van Heuvel sich gerade aufhält?“ Der Ton wurde schärfer.
„Keine Ahnung“, säuselte der Befragte, „nicht die geringste Ahnung. Ehrlich.“
Jetzt mischte sich Smeets ein, der bisher an der Wand lehnte und sich alles angehört hatte.
„Tut mir leid, meine Herren, aber – wie schon gesagt – wenn es irgendwelche Informationen in dieser Richtung gibt, sind sie die ersten, die es erfahren werden. Können wir jetzt gehen?“ Er öffnete die Tür und mit einer schwungvollen Armgeste komplimentierte er die BKA-Leute aus dem Raum. Der Chefredakteur Smeets ging als Letzter. Er drehte sich nochmals nach Wim um, der unverändert zurückgelehnt in seinem Stuhl saß, und zwinkerte ihm zu.
Wim schaute abermals auf die Wanduhr und murmelte: „Junge Junge, Chris – auf was hast du dich denn da schon wieder eingelassen. BKA im Haus – na toll.“
Er schnappte sich den Becher mit kaltem Kaffee und ging ans Fenster. Er sah gerade noch die zwei Männer, wie sie das Haus verließen und linksherum eine schmale Straße Richtung Parkplatz hochgingen.

Unten auf der Straße eilten Menschen in ihre Mittagspausen. Wims Blick glitt hoch zur Schwanenburg, dem Wahrzeichen der Kreisstadt. Die goldene Uhr zeigte exakt 12.10 Uhr.

Auch sah er die grauen Wolken. Typischer Niederrheinhimmel, dachte er.
In diesem Augenblick öffnete sich schon wieder die Tür. W.A. Smeets kam nochmal zurück und stand jetzt neben seinem Mitarbeiter am Fenster.
„Sie können das nicht wissen, Herr Graachten – aber solche Typen hatten wir vor vier Jahren genügend hier. Und raten sie mal, wen die Beamten damals sprechen wollten? Also, was ist eigentlich los hier? Der Herr van Heuvel ist doch nicht etwa in Schwierigkeiten?“
„Da war nur so'n Anruf gestern. Mehr nicht“, druckste Wim herum.
„Hoffentlich nicht so ein Anruf wie vor vier Jahren.“ Wims Chef ging kopfschüttelnd zur Tür hinaus.
„Ich werde noch rauskriegen, was 1993 los war mit Chris und Paul. Wetten das?“ Wim stand noch immer am Fenster und betrachtete die Wolken.

Paul Brakel war sehr nachdenklich geworden. Auf der ganzen Rückfahrt von Rees nach Kleve sprach er kaum ein Wort.

Ihn fragen, was los sei, wollte ich nicht. So versuchte ich abzulenken: „Du wirst es nicht glauben, Paul, aber ich vermute, daß ich vor kurzem einen Blitz bzw. einen Kugelblitz fotografiert habe. Verrückt nicht?"
„Weißt du was?" erwiderte Paul, „ich gehe mit hoch in die Redaktion."
Scheinbar hatte er gar nicht gehört, was ich gesagt hatte.
„Ja, gut." Ich nickte heftig und lächelte ihn an.
„Nach zwei Jahren kannst du dich ruhig mal wieder sehenlassen bei den alten Kollegen. Übrigens haben wir auch einige neue Gesichter dabei. Wim, mit dem ich jetzt zusammen arbeite, wird dir gefallen."
„Na sicher." Paul schaute rüber. Auf seinem Gesicht deutete sich ein kleines Lächeln an.

„Was hälst du von dem Spinner?" fragte er nach einer Weile.
„Was soll ich sagen. Wir werden's ja sehen. Der Professor will schließlich nachkommen, wenn er sein Beweisstück aus dem Versteck geholt hat. '93 hatte er mir bei einem Glas Wein einmal erzählt, daß er schon sein halbes Leben lang nach diesem TAGOON sucht. Wie er sagte – um endlich Klarheit in ein altes Geheimnis zu bringen."

Schon im Treppenaufgang wurde Paul erfreut begrüßt. Natürlich kannte er sich hier noch aus. Seit seinem

Weggang hatte sich nicht viel verändert. Ein wenig Computeraufrüstung vielleicht, das war's. Wim kam uns im Flur entgegen.
„Hallo, zusammen. Ich nehme an Paul Brakel?" lächelte Wim, der ihn bislang nur von Fotos kannte. Dann sah Wim mich an.
„Zwei Nasen vom BKA waren beim Chef und wollten dich sprechen, Chris. Und jetzt will der Chef dich sehen, sobald du im Haus bist."
„Ist ja gut. Hey, wer hat das Poster von der Tür genommen, Wim – du warst das? Gib's zu." Ich tippte mit dem Zeigefinger erst gegen die kahle Glasscheibe, dann gegen Wims Brust „verdammter Holländer, du weißt genau, das war mein Lieblingsposter!"
„Sachte, sachte, mein Freund", grinste er, „wir sollten künftig besser einen klaren Durchblick behalten, nach allem, was ich hier so mitbekomme. Man kann nie wissen. Oder? Dein Poster liegt übrigens auf dem Schrank."

Paul stand inzwischen still am großen Fenster, wo er auch früher oft stand. Nur um rauszugucken, wie er immer sagte.
„Tag Paul, ich bin Wim, der Holländer. Markenzeichen: Drei-Tage-Bart, den ich hin und wieder schon mal 6 Tage trage. Scharf nicht? Ansonsten bin ich für den Sport zuständig.So, jetzt habe ich mich richtig vorgestellt." Er hielt ihm die Hand hin.

Paul schaute Wim in die Augen, ergriff die Hand.
„Paul Brakel. Freut mich."
„Fotomensch, sag mal, was wollten die vom BKA eigentlich von dir?" Wenn Wim mich frotzeln wollte, nannte er mich immer ‚Fotomensch'. Dafür durfte ich bei Bedarf ‚Scheiß Holländer' sagen.
„Haben die denn nichts angedeutet?" fragte ich mit künstlicher Gleichgültigkeit.
„Sie fragten lediglich, ob du dich mit obskuren Typen triffst oder so."
„Was für Typen meinten die denn? Mafia, Stricher, Kriminelle, oder was?"
„Keine Ahnung."
Ich forderte Paul auf, Platz zu nehmen und setzte mich an meinen Schreibtisch.
Als ich Ausschau nach sauberen Trinkbechern hielt, stutzte ich. Mit einem Blick erkannte ich, daß eins der Unfallfotos aus der Ablage verschwunden war.
„Verdammt! Mein Kugelblitzfoto ist weg", rief ich aufgeregt.
„Hattest du das Foto nicht gestern mit nach Hause genommen, um es Becca zu zeigen?" fragte Wim.
„Doch schon. Aber heute morgen habe ich es hier mit den anderen Fotos in die Ablage gelegt."
Wim schüttelte den Kopf. Er und Paul kamen an meinen Tisch und halfen suchen.
„Ich habe sie heute noch nicht angerührt", beteuerte Wim und schaute unter den Tisch.

„Wie früher“, lachte Paul ironisch, „irgendwas sucht man immer.“
Das Foto mit dem Zufallsblitz blieb verschwunden.
Für meine Beruhigung hatte Wim die Idee, Kaffee zu holen.
„Mensch nochmal, der Zettel mit den Notizen bezüglich unseres Treffens mit Gaz ist auch verschwunden.“
Ich merkte, wie nervös ich wurde.
„Waren die BKA-Beamten auch an meinem Tisch?“ fragte ich, als Wim mit drei Bechern Kaffee zurückkam.
„Kann ich nicht genau sagen. Einer der Beamten hat sich groß und breit vor mich aufgebaut, sodaß ich absolut nicht sehen konnte, was der andere trieb. Sorry.“
„Ist schon ok – du kannst ja nichts dafür.“ Jetzt brauchte ich dringend einen Kaffee.
„Ich bin wirklich gespannt – gleich haben wir ein Uhr. Dann wird sich's zeigen!“ sagte Paul, der sich wieder ans Fenster gestellt hatte, „wenn Gaz Togdor tatsächlich käme – von hier aus sähe man ihn sofort.“

Fast genau mit dem Ein-Uhr-Gong kam ein Kollege zur Tür hereingeplatzt, mit einem Notizzettel in der Hand.
„Ein schwerer Unfall auf der Motzfeldstraße in Pfalzdorf. Wer kann gleich hinfahren?“
Paul und ich guckten uns an, als hätten wir den gleichen Gedanken.

„Hoffentlich nicht“, flüsterte ich Paul zu. Ich nahm meine Jacke und wollte los. Paul fragte, ob er mitfahren dürfe.
„Na klar Paul. Also dann los.“ Ich schnappte einen Block von Wims Tisch – und schon waren wir aus der Tür.
„Seid vorsichtig, die Wetterfrösche können sich immer noch nicht einigen, ob es Glatteis geben wird oder nicht“, rief Wim uns hinterher.

Unterwegs sprachen wir abermals kaum ein Wort. Wir wollten einfach nicht dran denken. Was meinte der Professor noch mit ‚sehr gefährlich‘?
Von der Uedemer Straße ging es über den Lerchenweg in die Motzfeldstraße Richtung Pfalzdorf. Die Örtlichkeiten waren uns schon seit Jahren vertraut.
Von weitem schon sahen wir das Blaulicht durch die kahlen Bäume, Augenblicke später auch Notarzt- und Polizeiwagen. Quer über die Straße flatterte das obligatorische Trassenband der Polizei. Der fließende Verkehr mußte umgeleitet werden. Hier war kein Durchkommen mehr.
Ich parkte den Wagen.
Für alle Fälle steckte ich meinen Presseausweis an die dicke Jacke. Dann gingen wir querfeldein zur Unfallstelle.
Wieder traf ich Obermeister Hermann Cramer, der damit beschäftigt war, die Neugierigen von der Unfallstelle fernzuhalten.

„Du hast wirklich immer das Pech, zur falschen Zeit Dienst zu haben. Hallo Hermann“, begrüßte ich den Polizisten, „was ist passiert?“ Noch ehe er auf meine Frage antworten konnte, stieß Paul mich an und zeigte auf das Unfallfahrzeug und dann auf das verbeulte Nummernschild.

Es war ein roter Benz mit Heidelberger Nummer. Scheiße!

Wir schauten uns an.

„Oh Mist“, zischte ich, ließ Paul und Hermann stehen und rannte zum Rettungswagen. Bevor die hintere Tür geschlossen wurde, schaffte ich noch einen Blick ins Innere. Tatsächlich: Da lag blutüberströmt Gaz Togdor.

„Er ist extrem schwer verletzt und nicht bei Bewußtsein“, hörte ich noch den Sanitäter sagen, während er die Tür verriegelte.

Ich ging rüber zum Mercedes. Ein einziges Wrack. Als hätte er sich den dicksten Baum dieser Straße ausgesucht, dachte ich.

Ein Polizeibeamter kam auf mich zu. Nachdem er meinen Presseausweis gesehen hatte, durfte ich fotografieren.

Ich fragte ihn nach der Unfallursache.

„Tja, keine Bremsspuren, keine Spuren, die auf eine Kollision mit einem anderen Fahrzeug hinweisen. Befragen konnten wir ihn auch nicht. Vielleicht ist er ja absichtlich gegen den Baum gefahren!“

„Selbstmord? Bestimmt nicht. Oder haben sie einen Brief gefunden? Glauben sie, jemand kommt von so weit her, um hier Selbstmord zu begehen? Schauen sie, die Kfz-Nummer“, fragte ich.
„Der Verletzte kommt jetzt nach Kleve. Später werden wir genau wissen, was los war. Im Fahrzeug fanden wir nur seine Papiere – sonst nichts. Die Türen ließen sich ohne schwere Brechwerkzeuge ja erst gar nicht öffnen. – So, ich habe zu tun.“

Ich begab mich nochmal zum Unglückswagen und spähte zwischen den Trümmern.
Keine Spur von dem dunkelbraunen Aktenkoffer, den ich in Rees gesehen hatte, und etwas, was man für einen Beweis – wie auch immer geartet – halten könnte, war nicht zu erkennen.
Paul kam langsam näher.
„Und?“ fragt er.
„Was und?“
„Na, hat er den Beweis schon geholt – oder war er erst auf dem Weg dorthin?“
„Keine Ahnung“, entgegnete ich, „aber ein Unfall war das nie und nimmer. Komm, Fotos hab’ ich gemacht, fahren wir. Ich brauch’ jetzt unbedingt etwas für meinen Magen.“
„Du kannst jetzt essen?“
„Blödsinn. Ich will einen Schnaps- oder auch zwei. Und heute Nachmittag mache ich frei.“

Es war 13.45 Uhr, als der Wagen des Professors auf ein Abschleppfahrzeug geladen wurde.
„Tschüs, Hermann." Ich winkte dem Obermeister noch zu und dann machten wir uns auf den Weg zu unserem Auto.

Leichter Nieselregen setzte ein.
„Hoffentlich wird es nicht doch noch glatt", murmelte ich und startete den Wagen.

Nachdem ich Paul in Kleve zu seinem Auto gebracht hatte, ging ich nochmals ins Büro.
Ich werde mir neue Abzüge machen, beschloß ich, nachdem ich wieder alles vergeblich abgesucht hatte.
Da Wim zu einer Sportveranstaltung gefahren und auch der Chef nicht im Hause war – außerdem keine Fototermine mehr anstanden, entwickelte ich schnell die Unfallfotos und nahm mir danach für den Rest des Tages frei.
Bevor ich nach Hause fuhr, machte ich noch einen Abstecher zur Unfallstelle.

Außer Spuren am Unglücksbaum war nichts zu sehen, was einen Unfall andeutete. Der ganze Bereich war penibel gesäubert worden. Nicht der kleinste Glassplitter lag mehr auf dem regennassen Boden.
Es blieb für mich ein Rätsel, wie dieser Wagen gegen den Baum rasen konnte.
Ich beschloß, mir den Mercedes am nächsten Tag nochmal anzusehen.

Ich schaute schon eine ganze Weile aus dem Küchenfenster hinunter auf die Brabanter Straße, ohne etwas konkret zu beobachten. Die Uhr zeigte erst halb sechs und schon dämmerte es draußen, so daß ich die Lampe einschalten mußte. Der Regen prasselte wieder stärker gegen die Scheibe.
Mir fiel ein, daß Becca jeden Mittwoch nach Schalterschluß direkt zu ihrer Freundin Regina fuhr, um dann gemeinsam beim Aerobic zu schwitzen. Und meistens wurde es dann spät.
Ich werde mit ihr über Gaz reden, wenn sie heute abend kommt, dachte ich. Mich interessiert, was sie von der Sache hält. Ich nahm noch einen Schluck aus der Bierflasche, die vor mir auf dem Fensterbrett stand.

Im Arbeitszimmer meldete sich mein Handy.
„Bitte heute keine Aufnahmen mehr“, bettelte ich und ging an den Apparat.

Mein Chef war dran.
„Tach, van Heuvel, sie sollten ihren Hintern noch mal schleunigst ins Büro tragen. Heute nachmittag erhielt ich äußerst interessante Neuigkeiten bezüglich des Unfalls in Pfalzdorf. Sie sind doch dort gewesen, stimmt's?“ W.A.Smeets klang gestreßt.
„Hören sie, van Heuvel! Im Wagen fand man auf einem Notizzettel im Handschuhfach ihren Namen und die Anschrift eines Cafés in Rees. Also, schwingen sie die Hufe und kommen sie rüber. Ich gebe ihnen eine halbe Stunde!“
„Ach du großer Mist“, dachte ich und informierte sofort Paul. Er wollte auch kommen.
Schnell stellte ich die geleerte Bierflasche in den Kasten zurück, löschte das Licht und sprang die Treppen hinunter.
Minuten später saß ich im Wagen und war unterwegs.
Es regnete noch immer.
Zum Glück war die Temperatur draußen etwas gestiegen, so daß nun nicht mehr mit Rutschpartien zu rechnen war.

Ich parkte auf dem Großen Markt oberhalb unserer Redaktion.
Ich werde im Auto warten, beschloß ich spontan angesichts des Wetters. Früher, das wußte ich, hatte Paul hier auch immer geparkt.
Ich beobachtete die vielen, durch den Regen hastenden

Passanten. Immer mehr Autos verließen den Parkplatz. Die meisten Geschäfte hatten schon seit Minuten geschlossen.

Zwei Gestalten weckten meine Aufmerksamkeit, die sich seelenruhig in einer Toreinfahrt unterhielten und denen der Regen offenbar nichts ausmachte. Neben mir tauchte plötzlich ein Toyota auf. Durch das beschlagene Seitenfenster erkannte ich Paul. Er winkte mir grinsend zu.
„Warum hast du so gegrinst im Auto?“ fragte ich, als wir mit Schirmen ausgerüstet den Parkplatz überquerten.
„Oh, ich dachte nur an die vielen Reportage-Einsätze, die wir oft von diesem Parkplatz aus starteten.“
Um einer Pfütze auszuweichen, mußte ich einen Sprung zur Seite machen und stürzte beinahe auf den Kühler eines abgestellten Volvos.
Alles gutgegangen. Nichts passiert.
Gerade, als wir in eine Seitenstraße einbiegen wollten, drehte ich mich nochmals stutzend um. Irgendwie kam mir dieses Fahrzeug bekannt vor.

„Eine schöne Bescherung haben wir da“, ereiferte sich Chefredakteur Smeets, „van Heuvel, ich möchte nicht in ihrer Haut stecken. Würde gerne wissen, wie sie da wieder rauskommen wollen?“
„Was hat die Polizei denn schon?“ konterte ich.
„Was die haben? Was die haben – fragen sie?“ Er musterte jeden einzelnen im Raum und machte, wie immer bei solchen Auftritten, eine extra lange Pause.

Ich schaute in die Runde.
Anscheinend will Smeets die Sache nicht an die große Glocke hängen, vermutete ich, sonst hätte er nicht nur diese kleine Truppe zusammengerufen. Er gestattete sogar, daß Paul dabei sein durfte. Außer Paul saßen noch Wim und unsere Sekretärin im Zimmer, die bemüht war, das Gespräch zu protokollieren.
„Meine Herren, wie sie vielleicht wissen, war ich heute bei der Polizei. Es ging um den – na sagen wir mal – merkwürdigen Unfall, heute gegen Mittag in der Motzfeldstraße.
Darüber, wie der Name eines Mitarbeiters unseres Blattes auf einen Zettel des Verunglückten gekommen sein könnte, reden wir gleich. Zunächst aber sollten sie folgendes erfahren: Noch im Notarztwagen ist der Verunglückte verstorben, ohne nochmals die Besinnung wieder zu erlangen. Laut Polizeibericht haben Nachforschungen ergeben: Der Tote existierte gar nicht! Ja, sie haben richtig gehört!

Beim Versuch der Heidelberger Polizei, den Hinterbliebenen, dem Einwohnermeldeamt und dem Kirchenamt Mitteilung vom Tod des Verunglückten zu machen, stellten sie fest, daß dieser Mann unter dem Namen Gaz Togdor dort völlig unbekannt ist. Seine Wagenpapiere und sonstige Ausweise, die er zu Lebzeiten besaß, müßten demnach allesamt gefälscht gewesen sein. Herr van Heuvel: Haben sie dafür eine Erklärung?"

Paul und ich schauten uns an.

„Wurden Fingerabdrücke vom Toten gemacht und verglichen?" fragte Wim.

„Weiß ich nicht. So etwas dauert ja auch seine Zeit. Das wissen sie doch selbst."

„Und was ist mit dem Unfall? Weiß man da schon etwas mehr? Die Selbstmordtheorie ist ja wohl ein Witz!" warf Paul ein.

„Woher sind sie sich denn so sicher, daß das kein Selbstmord war, wie die Polizei vermutet? Na?" Wieder schaute Smeets uns wechselweise an.

„Kann es sein, daß sie diesen Herrn näher gekannt haben? Kann es sein, Herr van Heuvel, daß die BKA-Leute deswegen heute vormittag hier waren? Ich habe nämlich eine weitere Überraschung für sie: Ein Polizeibeamter hat ausgesagt, daß er sicher sei, diesen Mann schon einmal gesehen zu haben. Und raten sie mal wann! Genau vor vier Jahren, 1993. Und in welchem Zusammenhang brauche ich wohl nicht näher erläutern."

Wim guckte mich fragend an und zuckte mit den Schultern. Logisch, dachte ich. Damals war er noch nicht im Team.
„Was war denn nun mit dem Unfall?“ wollte ich wissen.
„Nun, der Tote wurde nach Duisburg gebracht in die Gerichtsmedizin. Man wird sehen. Die Polizei ermittelt noch. Aber nun zu ihrem Namen auf dem Zettel, Herr van Heuvel. Haben sie ihn gekannt? Ein Beamter, der am Unfallort war behauptet das. Nur, wann haben sie ihn zuletzt – und vor allem lebend gesehen? Das würde die Polizei sicher auch interessieren.“
„Ich nehme an, der Zeuge heißt Hermann Cramer und ist Obermeister bei der Klever Schutzpolizei, stimmt's?“
Ich stand auf und ging einige Schritte durch den Raum. „Also, der Professor hat mich gestern angerufen, um sich mal wieder mit mir zu treffen. Um über alte Zeiten zu reden, wie er sagte.“
„Alte Zeiten. Soso.“ Chefredakteur Smeets schaute mich an wie ein Studienrat seinen Kandidaten bei der mündlichen Prüfung.
„Van Heuvel! – Wenn da wieder so'n Ding läuft wie '93, will ich das vorher wissen.“ Smeets kam in Fahrt: „Und jetzt werden sie in Zusammenhang gebracht mit einem Toten, den es zu Lebzeiten anscheinend gar nicht gegeben hat. Wenn sie wieder so eine verdammte Sache abziehen wie vor vier Jahren, dann können sie

aber was erleben.“ Dann wandte er sich an Paul: „Ich hoffe für sie, daß sie da nicht auch noch drinstecken.“ Smeets stand auf und grantelte: „Das war’s für heute. Bis morgen, meine Herren!“ Smeets wollte scheinbar keine Antworten hören. Ich meinerseits verspürte kein Bedürfnis über Gaz’ Informationen zu reden.
„Und man hat nichts ungewöhnliches beim Toten im Wagen gefunden?“ wollte ich wissen, während wir das Zimmer verließen.
„Nein. Mir ist davon nichts bekannt – sollte man was gefunden haben?“ fragte Smeets zurück.
„Ach – eigentlich nichts. Schon gut.“

Der Regen hatte in der Zwischenzeit aufgehört.

Da schon gegen 20.00 Uhr die Besprechung vorbei war, beschlossen Paul und ich, noch auf ein Bier zum ‚Kurfürsten‘ zu gehen. Bis vor Jahren waren wir regelmäßig hier. Angenehmes Publikum und leckeres Bier!

Während wir zu den Autos gingen, fiel keinem von uns beiden auf, daß der Volvo jetzt nicht mehr auf dem Parkplatz stand.

In der Gaststätte gesellte sich auch noch Wim zu uns. Zu dritt diskutierten wir über den tragischen wie mysteriösen Tod des Professors. Für uns alle stand fest: Wir wollten der Sache auf den Grund gehen. Auch wenn wir dafür nochmals die 93er Vorfälle aufrollen müßten. Wim, der nur wenig von der alten Geschichte mitbekommen hatte, war ebenfalls begeistert dabei.
Vor vier Jahren waren Paul und ich auch noch voller Eifer, witterten eine gute Story. Später waren wir froh, mit heiler Haut aus der Sache herausgekommen zu sein.

Anscheinend war da aber noch jemand in der Kneipe, der den Nervenkitzel suchte.
Wim hatte wohl ein bißchen laut mit der 93er Tannenbusch-Affäre, mit Louisendorf und -‚wir-werden -das-jetzt-an-die-große-Glocke-hängen‘ gestikuliert, als ein junger Mann an unseren Tisch kam, sich ein wenig vorbeugte, dann prüfend nach links und rechts schaute, ob auch niemand außer uns zuhörte und sagte:
„Entschuldigen sie, aber ich konnte zufällig hören, wie sie über den Tannenbusch und 1993 und so sprachen. Darf ich sie dazu etwas fragen?“
Wir guckten erst uns an – dann wieder ihn. Bevor einer von uns antworten konnte, sprudelte es aus dem jungen Mann heraus, als könne er keine Antwort abwarten. „Verzeihung – mein Name ist Klaus Derrik. Wie der Kommissar aus dem Fernsehen – nur mit ein-

fachem ‚k'. Ich bin bei der Luftwaffe in Aurich und ich habe da eine Beobachtung gemacht. Normalerweise rede ich nicht über dienstliche Dinge. Aber da sich das Militär anscheinend nicht dafür interessiert, kann ich drüber reden, denk' ich. Denn mich interessiert's. Darf ich mich kurz zu ihnen setzen?"
Wir schauten uns an und nickten.
„Warum nicht", sagte Paul, „wir wollen es ja sowieso bekannt machen."
„Stimmt", erwiderte ich. Dabei streckte ich dem jungen Mann meine Hand entgegen: „Ich heiße Chris van Heuvel."

Wir stellten uns kurz vor. Schnell waren wir mit Klaus Derrik per du.
Klaus kam übrigens aus Goch. Da er sich für die Radartechnik interessierte, aber Uedem seit '93 keinen Radarbetrieb mehr unterhält, hat er sich nach Aurich versetzen lassen.
Bevor wir uns trennten, hatten wir vier uns eines ganz fest vorgenommen: Mit den von uns gut versteckten Unterlagen und Notizen von '93 wollten wir den Leuten reinen Wein einschenken über die massive Vertuschungsaktion von damals.
Ich erklärte den Jungs, daß ich vielleicht noch nach Heidelberg fahren wollte. Irgendjemand mußte den Professor dort doch gekannt haben. Und diesen Jemand wollte ich finden.

Gegen zehn Uhr war ich wieder zuhause.
Heute gehe ich nicht mehr fort, dachte ich und holte mir eine Flasche Rotwein aus dem Vorratsraum. Das viele Wasser in der Kneipe reichte mir.
Mit der Flasche und einem Glas ging ich in mein Arbeitszimmer.
Der Tod des Professors hatte mich nicht nur nachdenklich, sondern auch neugierig gemacht. Sollte dies wirklich kein normaler Unfall gewesen sein? Ich grübelte und arbeitete gleichzeitig mit dem Korkenzieher.
Es waren keine Zeugen gefunden worden. Auch schloß man die Beteiligung eines anderen Fahrzeuges aus. Jedenfalls fanden sich weder Brems- noch andere Spuren, die auf mögliche Fremdeinwirkungen hingewiesen hätten.
Genau wie damals, als Pauls mit meinem Wagen verunglückte. Daß der damalige Unfall keine zwei Kilometer von der jetzigen Unfallstelle entfernt geschah, fiel mir erst jetzt auf. Ein Zufall?
Ich trank einen Schluck Wein. Los geht's, dachte ich. Der angebrochene Abend kann noch was bringen.

Vier Ordner und einen Foto-Karton holte ich mir vom obersten Regal. Im Karton befanden sich noch ganze 13 Fotos, mehr hatte man mir damals nicht gelassen. Die Typen aus Bonn – oder wo immer die herkamen – hatten alles eingesackt, was ich 1993 fotografiert, recherchiert und gesammelt hatte.

Warum hatte ich damals nicht den Mut, trotz der Einschüchterungen alles der Öffentlichkeit mitzuteilen? Ich nippte wieder an meinem Weinglas, dann könnte der Professor vielleicht noch leben.Verflucht! Jetzt ist er tot.
Ich stellte mir vor, Gaz hätte tatsächlich den Beweis gefunden. Oh Mann!
Eines der Fotos zeigte Paul und mich vor einem Bundeswehr-LKW, geknipst von Pauls ehemaliger Frau.
Auch das handschriftliche Datum auf der Vorderseite war noch zu lesen: 23. Mai 1993.
Sie ist so eine nette Frau. Zu dieser Zeit müßte sie gerade mit dem zweiten Kind schwanger gewesen sein, überlegte ich. Schade, daß sie und Paul sich getrennt hatten.
Mußte es dazu kommen? Warum haben wir damals nicht die Finger davon gelassen?
Ich schenkte mir nach. Der Wein war gut.
Ich versuchte, mich zu erinnern. Wie alles anfing, wußte ich genau. Doch eigentlich fing der ganze Schlamassel ja schon viel früher an. Wahrscheinlich schon vor über 70.000 Jahren – während der großen Eiszeiten. So jedenfalls sagte es ein Geologe damals bei den Recherchen.

Einer der Ordner, die vor mir auf dem Tisch lagen, hatte die Aufschrift Abiturfest 1983.

Hatten die Wichtigtuer den doch glatt übersehen. Ich frohlockte innerlich. Die Ordner mit den Aufschriften: 1991, 1992, 1993 ließen sie komplett mitgehen.
Daß ich alle meine Notizen zu den Vorfällen '93, bevor ich sie ins Reine schrieb, in einem anderen, nur halbgefüllten 83er-Ordner hinter alten Schulunterlagen versteckte, konnte keiner wissen. Ich befand mich in leichter Weinlaune.

Ich schlug den Ordner *Abiturfest '83* auf.

Langsam glitten die abgehefteten Blätter, manchmal nur Papierfetzen, durch meine Finger – und jedes dieser Papiere bildete ein Mosaiksteinchen. Das meiste in diesem Ordner war noch von Paul. Paul war schließlich der Reporter.
Und ich fotografierte meistens bei seinen Reportagen. Ich nahm das Glas in die Hand und lehnte mich zurück. Paul Brakel war schon ein guter Jounalist. Er wäre ganz sicher noch aufgestiegen. Doch diese 93er Geschichte bremste seine Karriere.
Mensch, Paul, das kriegen wir wieder hin, dachte ich, während ich im Ordner blätterte.

Ein Wohnungsschlüssel drehte sich leise im Türschloß.

Becca kam ins Arbeitzimmer. Ihre Sporttasche hing über ihrer Schulter. Ich hatte gar nicht bemerkt, wie

spät es geworden war und daß nur im Arbeitszimmer Licht brannte.
„Magst du es neuerdings mystisch, mein Schatz?“ fragte sie lächelnd, nachdem sie mir einen Kuß gab.
„Na klar“, konterte ich grinsend, „und wenn du ’mal heimkommst und es ist alles hell erleuchtet, weißt du genau: Es muss ein Fremder in der Wohnung sein.“
„Bitte, aber nur, wenn der so nett ist wie du “, lächelte Becca.
„Wie war das Training?“ wollte ich wissen.
„Super – heute haben wir ausgiebig mit der Step-Bank gearbeitet. War richtig anstrengend.“
Sie schlenderte zum Badezimmer und packte ihre Sporttasche aus.
„Chris, hast du schon zu Abend gegessen? Ich jedenfalls habe richtig Hunger“, hörte ich sie aus dem Nebenraum.
Jetzt wurde mir bewußt, daß ich fast eine Flasche Wein geleert – aber überhaupt noch nichts gegessen hatte.
„Nein. Habe ich noch nicht. Soll ich was vom Italiener holen?“ schlug ich vor.
„Oh, ja. Ich hätte gerne einen großen Salat. Aber meinst du, die haben noch auf?“
„Salvatore bestimmt“, entgegnete ich und zog die Jacke über.

Zur Pizzeria konnte man bequem in fünf Minuten zu Fuß gehen. Die Flasche Wein ließ Autofahren ohnehin nicht zu.
Bei Salvatore war es selbst so spät noch voll.
Eine halbe Stunde später stand ich wieder vor der Haustür. Noch während ich mit dem Schlüssel hantierte, fiel mir der dunkelgrüne Volvo mit Nürnberger Kennzeichen auf. Auch als ich das Haus verließ, stand er dort. Ich könnte schwören, auch gegenüber des Italieners parkte ein dunkelgrüner Volvo.
Schon komisch, dachte ich und erinnerte mich an den Parkplatz in der Nähe der Redaktion.

„Becca, sieh 'mal vorsichtig aus dem Fenster. Stand der dunkelgrüne Volvo schon dort unten, als du vom Training gekommen bist?"
Eine Straßenlaterne in unmittelbarer Nähe unseres Hauses erhellte die Umgebung.
Sie ging zum Fenster. „Welcher Volvo?" fragte sie, „Chris, dort steht kein Volvo."
Tatsächlich. Der Wagen war nicht mehr da.

Becca bereitete den Tisch für unser italienisches Galaessen.
„Liebling, erinnerst du dich an Gaz Togdor? Du weißt schon. Den spleenigen Professor aus Süddeutschland, von dem ich dir erzählt habe."
Becca nickte. „Was ist mit ihm? Sag' nicht, der will

wieder hier aufkreuzen um sein Tugan … oder wie das Ding heißt, zu suchen."
Ich setzte die Gabel ab und schaute sie an. „Gaz ist tot - ein Verkehrsunfall. Und heute Vormittag saßen wir noch in einem Reeser Café."
„Gaz ist tot? Oh, das ist schrecklich. Was ist passiert? War der also doch hier? – Wollte er etwas von dir?"
„Komm Becca, laß uns erst essen, bevor meine Pizza kalt wird, ja? Wenn du möchtest, erzähle ich dir anschließend, weshalb er mich gestern angerufen hat."
Ich weiß nicht wieso, aber irgendwie hatte ich keinen rechten Appetit mehr. Lustlos schob ich den Rest der Pizza auf dem Teller hin und her.
Die Sache mit Gaz ging mir doch mehr an die Nieren, als ich glaubte.

„In den nächsten Tagen werde ich nach Heidelberg fahren, Becca. Stell' dir vor, die Polizei behauptet doch allen Ernstes, den Professor gibt es eigentlich gar nicht. Kaum zu glauben, was? Sie sagen, es gibt weder urkundlich noch polizeilich irgendeinen Hinweis auf seine Herkunft oder Existenz."
„Vielleicht war Gaz Togdor nicht sein richtiger Name", erwiderte Becca … oder er ….

Kurz nach Mitternacht lagen wir im Bett und grübelten immer noch darüber nach, was Gaz wohl mit seinem BEWEIS gemeint haben könnte.

Becca, der ich alles über den Professor erzählt hatte, wurde jedoch müde und beendete das Rätselraten mit einem zärtlichen „Gute Nacht, Liebling“.
Während sie schnell einschlief, gingen mir noch viele Erinnerungen an den Sommer ’93 durch den Kopf.
Sollte ich hier in Kleve, in unmittelbarer Nähe der Endmoräne, wohnen bleiben?
Ich war mir noch nicht sicher. Ich werde mit Becca darüber reden müssen, dachte ich. Sie sollte selbst entscheiden, ob sie hier bleiben möchte oder nicht.
Endlich fielen auch mir die Augen zu. Ein letzter Blick zur Uhr zeigte mir 2.30 Uhr.

Donnerstag, 13. Maerz '97

Der Wein gestern hatte es in sich. Wie immer war Becca pünktlich aus den Federn gekommen. Sie war es gewöhnt – außer am Wochenende – morgens alleine zu frühstücken. Mir fiel seit jeher das frühe Aufstehen unheimlich schwer. Und an freien Tagen besonders. Wie heute.
Oder war heute nicht mein freier Tag?
Egal, wenn nicht, würde die liebe rechte Hand vom Chef spätestens um halb elf anrufen.

Doch jetzt war noch ein Schläfchen angesagt.

„Oh, Scheiße. Wer ist denn das?“ Ich blinzelte zum Wecker: 10.10 Uhr.
Die Sekretärin vom Chef kann das unmöglich sein. Die war ja noch nie hier.
Das penetrante Dauerklingeln an der Tür hörte nicht auf.
In meine Jeans geschlüpft, öffnete ich schlaftrunken die Wohnungstür.
Es war der Paketzusteller der Post mit einem Paket unterm Arm.
„Hatte ich was bestellt?“ fragte ich gähnend den Boten.
Dieser zog die Schultern hoch.
Ich hatte nichts bestellt – na vielleicht war's für Becca.
Wo stand die Anschrift? Zu meinem großen Erstaunen stand in Großbuchstaben mein Name auf dem Packpapier: An Herrn Chris van Heuvel. Also gut. – Für mich.
Und links oben stand noch ein Name, mit dem ich absolut nicht gerechnet hatte: Gaz Togdor. Heidelberg. Mehr nicht!
Der Paketbote stand in der Tür und wartete. Ich quittierte und der Bote verschwand.
Ohne zu zögern, riß ich die Verpackung auf.
Zum Vorschein kam ein alter dunkelbrauner, völlig verschlissener Aktenkoffer. Mir war sofort klar, was ich da in Händen hielt.

Diesen Koffer kannte ich, obwohl ich ihn nur ein einziges Mal gesehen hatte. Diesen Koffer, da war ich mir ganz sicher, hatte Gaz bei unserem Treffen in Rees neben sich auf dem Boden stehen.
Nun hatte ich ihn.
Ich starrte auf den Koffer des Verunglückten, den ich mit in mein Arbeitszimmer genommen hatte.
„Was habe ich zum Teufel noch mal jetzt auf dem Tisch liegen? stöhnte ich zugegebenermaßen etwas aufgeregt, „den Koffer vom Professor – oder den BEWEIS – oder beides?“
Aber wieso hatte der Professor den Koffer bei der Post aufgegeben? Und wann? Ich hatte keine Ahnung.
Ahnte Gaz, daß er in Gefahr ist? Durfte dieser Koffer nicht in falsche Hände geraten? Fragen über Fragen gingen mir durch den Kopf.
„Verflixt – auf was lasse ich mich da wieder ein!“ dachte ich. „Ich muss unbedingt Paul anrufen.“
Ich hatte kein Glück. Paul meldete sich nicht.
„Ob es sinnvoller ist, Paul in Goch zu besuchen?“
Mit dem Koffer traute ich mich aber nicht auf die Straße. Hatte der Volvo möglicherweise etwas mit dem Koffer zu tun? „Komm’ Junge, Ruhe bewahren.“ Ich versuchte, cool zu bleiben und nachzudenken. Sollte ich den Koffer aufbrechen? Ich war zu nervös. Ich mußte überlegen.
Jetzt erst bemerkte ich, daß ich noch immer wie frisch-aus-dem-Bett-gesprungen aussah.

Den Koffer versteckte ich erst einmal im Schlafzimmer unterm Bett. Die Dusche sollte meinen Kopf klar machen.

Nach erfrischendem Bad, einer gründlichen Rasur und einem Super-Schnellkaffee versuchte ich abermals, Paul zu erreichen. Vergebens. Wer weiß, wie lange der Bursche diese Nacht unterwegs gewesen ist, dachte ich, Nun, dann mache ich den Koffer eben alleine auf. Und zwar jetzt gleich.
Ich holte ihn unter dem Bett hervor.
Doch wie sollte ich ihn öffnen – er war abgeschlossen?
Während ich in der Küchenschublade nach einem geeigneten Werkzeug suchte, klingelte es abermals an der Wohnungstür.
Ich äugte vorsichtig durch den Spion: Draußen stand jetzt der Briefträger. Wer läßt eigentlich unten die Haustür immer offen? Das paßte mir gar nicht.
„Ein Einschreibebrief für Chris van Heuvel. Sind sie das?" lispelte der Bote, als ich die Tür öffnete.
Ich nickte.
Auch dieser Brief hatte als Absender: Gaz Togdor. Abgestempelt am Vortag in Rees.
Wahrscheinlich war Gaz erst zur Post gefahren, nachdem er sich in Rees von uns getrennt hatte.
Ich wurde immer unruhiger.
Die übrige Post interessierte mich im Augenblick nicht.

Warum wußte ich nicht – aber ich schlich vorsichtig zum Fenster und schaute durch die halbgeöffneten Jalousien auf die Straße.
Der Volvo von gestern war nirgends zu entdecken.

Ich ging wieder ins Schlafzimmer, wo der abgegriffene Koffer auf dem Bett lag. In der Hand hielt ich den Brief. Beides von Gaz.
Was hatte das nur zu bedeuten? Ungeduldig riß ich den Umschlag auf. Ja, es war Gaz' Handschrift.
Als ich den Brief herausholte, fiel auch ein kleiner silberner Schlüssel auf den Fußboden. Er sah aus wie ein Kofferschlüssel! Ich hob ihn auf, setzte mich auf's Bett und starrte auf den Brief :

Lieber Chris van Heuvel!
Vorweg: Bitte seien Sie vorsichtig. Gleich nach dem Lesen müssen Sie diesen Brief unbedingt vernichten. Da Sie ihn jetzt in Händen halten, bedeutet das, daß ich mich bei Ihnen bis jetzt nicht mehr melden konnte. Weil ich wahrscheinlich tot bin.
Unsere gemeinsamen Untersuchungen 1993 waren nicht vergebens. Auch wenn Sie und Paul mich damals für einen Spinner gehalten hattet – das TAGOON existiert, und jetzt weiß ich auch, wo das Duplikat liegt. Dieses Duplikat wird beweisen, daß alle unsere Recherchen '93 absolut der Wahrheit entsprachen.

Ich weiß nicht, wie ich getötet werde, aber seit meinem Reiseantritt gestern in aller Frühe, hatte ich immer das Gefühl, als verfolge mich ein grünes Auto.
Auch weiß ich nicht, ob sie mich vor oder nachdem ich den Beweis in Händen habe, töten werden. Wenn vorher, dann werden sie versuchen, an Sie heranzukommen. Sie wollen unbedingt das TAGOON.
Jedenfalls achten Sie auf einen grünen Wagen. Fragen Sie mich nicht nach der Marke. Sie wissen, daß ich mir keine Automarken merken kann – aber es war kein deutsches Auto.
Der Schlüssel, den Sie im Kuvert gefunden haben sollten, gehört zum Koffer, der ebenfalls mit der Post gekommen sein muß – oder den Sie noch bekommen werden. In diesem Koffer sind alle Aufzeichnungen, Notizen und Entschlüsselungen bezüglich meiner TAGOON-Suche der letzten 200 Jahre. Unter diesen Aufzeichnungen werden Sie auch die Koordinaten finden, die Sie zum BEWEIS führen werden."

Ich stutzte: „200 Jahre? Was schreibt Gaz denn für'n Blödsinn? Der Professor war doch selbst erst höchstens 50 Jahre alt." Irritiert las ich weiter.
Prägen Sie sich die Koordinaten ein – und nochmals: Vernichten Sie bitte Koffer und Brief. Man darf nichts bei Ihnen finden. Ich hoffe, Sie werden Sie in Ruhe lassen, guter Freund.

Gaz Togdor.

Ich hörte nicht, daß jemand an die Tür klopfte.
„Chris, bist du da?“ drang eine männliche Stimme durch die Tür.
Erschrocken schaute ich hoch. Es polterte noch lauter gegen die Tür. „Hey, Junge, mach’ endlich auf. Ich bin’s, Paul. Komm schon.“
„Ja. Sofort.“ erwiderte ich, als ich Pauls Stimme erkannte und öffnete die Tür.
„Wieso machste denn nicht los, Chris?“ fragte Paul im typisch niederrheinischen Slang. Er stand mit einer großen Brötchentüte vor mir.
„Schon zweites Frühstück gehabt? Nein? Dann komme ich ja gerade recht. Übrigens, Die Schließvorrichtung an der Haustür ist defekt.“ Mit diesen Worten lief er geradewegs in die Küche.
Defekt? Das gefiel mir nicht, dachte ich, doch jetzt wollte Paul erst einmal mit mir frühstücken.
„Paul, bevor wir was essen, laß uns in den Koffer seh’n – denn ich glaube, es geht wieder los!“
„Welcher Koffer?“ fragte Paul ganz überrascht.

Als plötzlich zwei gutgekleidete Herren vor Beccas Schreibtisch standen, bekam sie einen leichten

Schreck. Hatte sie etwa einen Kundentermin verschwitzt? fragte sie sich. Dabei schaute sie ganz unauffällig auf die schwarzeingefaßte Tischuhr, dann wieder auf ihren Timer, auf dem eine Menge Eintragungen niedergeschrieben waren.

Becca ließ sich nichts anmerken und begrüßte die Besucher: „Guten Tag, meine Herren. Was kann ich für sie tun?"

„Frau Ubermayer? Rebecca Ubermayer?" fragte der ältere von ihnen. Dabei fuchtelte er mit einer Art Dienstmarke vor Beccas Nase herum.

„Ja. Wenn's hier steht, wird es wohl stimmen", erwiderte sie und zeigte dabei auf das Namensschild auf ihrem Tisch.

Der Wortführer sah seinen Begleiter an. Dieser lächelte.

„Frau Ubermayer, kennen sie einen Herrn van Heuvel?"

„Ja sicher, warum?"

„Wie lange kennen sie diesen Herrn schon?"

Becca wurde etwas schnippischer: „Wer sind sie eigentlich? Kommen hier einfach rein und stellen Fragen. Sagen sie mal lieber, was sie von mir wollen und von Chris – ich meine Herrn van Heuvel?"

Mit einer schnellen Bewegung kam der zweite Mann um den Tisch herum, stellte sich seitlich hinter Becca und zischte: „Hören sie, die Fragen stellen wir. Wir hoffen, sie kennen den Herrn Fotografen nicht zu gut.

Sie wollen doch keine Unannehmlichkeiten bekommen, nicht wahr?"
„Alles in Ordnung, Frau Ubermayer?" rief ein Kollege der Geschäftsstelle vom Nachbartisch, der den Auftritt der beiden Männer beobachtet hatte.
„Doch – ja. Es ist alles okay. Danke." Sichtlich erleichtert durch die angebotene Hilfe nickte sie ihrem Kollegen zu, „die Herren wollten ohnehin gehen."
Zum Glück kam in diesem Augenblick ein junges Paar heran, Beccas Elf-Uhr-Termin.
„Wir werden auch sie im Auge behalten", rief der Ältere der beiden beim Rausgehen. Und so laut, daß jeder im Schalterraum das mitbekommen mußte.
Becca war sichtlich erschrocken über diesen unfreundlichen Besuch. Aber vor ihren Kunden wollte sie sich nichts anmerken lassen. Sie rückte ihre Brille zurecht und begrüßte die jungen Leute.
Das Paar setzte sich nach einer freundlichen Aufforderung ihrer Kundenberaterin auf zwei bereitgestellte Sessel.
Natürlich war Becca für diesen Termin vorbereitet. Sie beriet die jungen Leute, beantwortete Fragen und hatte schnell ein Gespür dafür, daß ein Geschäft zustande kommen würde. Sie mußte zwischendurch immer wieder an die zwei Typen denken. Was wollten die nur von ihrem Freund?
Nachdem sie kurz vor zwölf Uhr ihre Kunden verabschiedet hatte, bekam sie von ihrem hilfsbereiten

Kollegen einen Zettel gereicht, auf dem ein kurzer Text notiert war:
Hallo Becca! Zwei Typen waren heute morgen im Fitnesscenter und fragten die Mitarbeiter über Dich aus! Bitte rufe zurück. Gruß Regina.
Becca starrte auf den Zettel.
„Ist was passiert?“ erkundigte sich der Kollege. „Eine Frau rief an. Als ich sagte, daß sie gerade in einer Besprechung wären, bat sie mich, ihnen diese kleine Notiz zu geben.“
„Das war nett von ihnen. Danke schön.“
Becca war nach diesem Vormittag doch beunruhigt.

Becca rief mich aus der Sparkasse an, und erzählte mir von den zwei Männern, die sie auf's Korn genommen hatten.
„Schatz, hast du vielleicht drauf geachtet, mit was für einem Wagen die gefahren sind?“ fragte ich hastig.
„Nein, das konnte ich nicht sehen. Aber warte mal – ich frage meinen Kollegen.“
Es vergingen nur Sekunden, als ich Beccas Stimme wieder vernahm. „Chris, es war ein dunkler Wagen ...“

Ich fiel ihr ins Wort: „Ein Volvo vielleicht – und dunkelgrün?“
Einige Sekunden mußte ich abermals warten.
„Nein. Es war ein BMW. Ein dunkelgrauer BMW“, sagte sie, „paß auf dich auf, ja? – Und, gibt es was Neues von Gaz?“
„Becca, du hast gestern doch mitbekommen, daß ich dir von unserem Treffen in Rees erzählte und das sich in Gaz’ Besitz ein Koffer befand, der nach dem Unfall verschwunden war. Weißt du noch? Und nun rate mal, was heute morgen vom Paketdienst gebracht wurde?“
„Der Koffer?“ fragte Becca.
„Und nicht nur das. Etwas später kam dann noch ein Brief – war wohl auch gestern noch vom Professor aufgegeben worden, bevor er verunglückte. Und nun hör’ zu: Laut diesem Brief rechnete er damit, daß er ums Leben kommt. Er glaubte, daß ihm jemand seit Heidelberg gefolgt ist. Entweder wollten der oder die auch den Beweis für sich oder aber man wollte verhindern, daß das Metallteil überhaupt gefunden wurde. Puhhh, hört sich ganz schön heiß an, nicht?“
„Glaubst du, daß die aufdringlichen Männer von vorhin irgend etwas damit zu tun haben?“ fragte Becca.
„Weiß ich nicht“, entgegnete ich, „auf jeden Fall will ich mir heute nachmittag den Benz von Gaz nochmal anschauen, er steht bei der Polizei in Kleve. Und anschließend fahre ich nach Louisendorf, um einige Leute zu befragen.“

„Ja, okay. Bist du denn wieder da, wenn ich heim komme?"
„Ich denke schon. – Übrigens, Paul ist hier. Ich hatte ihn angerufen. Gemeinsam wollen wir den Inhalt des Koffers unter die Lupe nehmen. Also ich bin fast davon überzeugt, daß Gaz wegen seines Koffers sterben mußte. Irgendwie habe ich eine Scheiß-Angst, das kannst du mir glauben."
„Schatz, paß auf dich auf. Wir sehen uns dann heute abend, ja? Ach, und übrigens – unsere Haustür schließt nicht richtig. Als ich heute morgen zur Arbeit ging, stand sie auf. Blöd, nicht? Bis dann. Tschüs, Chris."
Beccas legte auf. Obwohl die Sparkasse von halb eins bis halb drei Mittagspause hatte, kam Becca selten nach Hause. Meistens ging sie mit Kollegen in die Stadt.

Ich wandte mich Paul zu.
„Hast du mitbekommen, daß wahrscheinlich die zwei Typen, die in der Redaktion waren, jetzt auch Becca am Arbeitsplatz belästigt haben?"
Paul nickte: „Ich würde gerne wissen, hinter was die tatsächlich her sind."
„Was sagst du denn zum Brief vom Gaz? Scharfe Sache nicht? Besonders die Stelle mit den 200 Jahren."
Paul hatte den Brief noch in der Hand. Er las nochmals – jetzt halblaut *... achte auf einen grünen Wagen ....*"

„Stop mal, Paul", ich nahm Paul den Brief aus der Hand, las ein kurzes Stück und tippte mit dem Finger auf eine Zeile: „hier hast du gelesen? … *grünes Auto* … und dann hier … *kein deutsches Auto* … Soll ich dir mal was sagen, Paul?"
Ich war plötzlich hellwach und lief im Zimmer hin und her. Dann stoppte ich und rief: „Genau. Ganz genau. Paul erinnere dich. Als wir auf der Fahrt nach Rees auf der Rheinbrücke hielten, sahen wir Gaz vorbeifahren, und als wir dann unsere Fahrt fortsetzten, hatten wir einen dunkelgrünen Volvo genau vor uns. Weißt du noch?"
„Tut mir leid. Ich habe nicht so drauf geachtet." Paul zuckte mit den Schultern.
„Ja erinnerst du dich denn daran, wie nervös der Professor bei unserer Ankunft im Café war? Dauernd schaute er zur Tür."
Ich schlug mit der Faust in die Hand.
„Und jetzt wird's unheimlich, mein Bester. Pass auf. Diesen Volvo habe ich bereits vor unserer Wohnung gesehen. Als ich gestern abend vom Italiener kam, stand der Wagen keine 20 Meter vor unserer Haustür. Und was war gestern, als wir noch mal zur Redaktion kommen mußten? Beinahe wäre ich bei dem Sauwetter doch auf ein Auto gestürzt – weißt du noch – und ich bin mir sicher, dieses Auto war auch ein dunkelgrüner Volvo." Ich tigerte hin und her, „ich wußte, daß ich den Wagen kannte. Oh Schiet. Paul, weißt du, was das bedeutet?"

„Ganz genau." Paul, der die ganze Zeit gestanden hatte, setzte sich auf meinen Arbeitsstuhl. „Tja", wiederholte er, „du wirst beschattet. Erst der Professor. Bei dem hat man nichts gefunden – und jetzt will man über dich – an was auch immer – kommen. Wahrscheinlich haben diese Schweine genau wie '93 alle Telefonate des Professors abgehört. Und jetzt sind sie dir auf den Fersen. Prost Mahlzeit."
Paul stand auf, ging zum Fenster und spähte in den Himmel.
„Ja Paul, so sehe ich das auch." Ich ging ihm hinterher. „Aber von Wiesbaden sind die nicht. Becca sagte vorhin, daß die BKA-Beamten – wenn es denn wirklich welche sind – einen dunklen BWM gefahren haben."
„Wenn's Profis sind, wechseln die doch ihre Fahrzeuge. Ist doch klar", meinte Paul und klopfte mir, während er sich vom Fenster wegdrehte, auf die Schulter.

Wir kannten diese Situation. Für Augenblicke war es totenstill im Raum. Bis Paul meinte: „Was soll's. Komm Chris, bange machen gilt nicht. Laß uns den Koffer untersuchen."

Ich war mehr als erstaunt, von Paul solch eine forsche Jetzt-erst-recht-Einstellung zu hören. Aber es stimmte. Vor vier Jahren hatte man uns als Blödmänner hingestellt. Wenn Gaz wirklich wußte, wo der Beweis

liegt, dann würden wir ihn auch holen – verdammt noch mal – um ein paar Dinge endlich richtig zu stellen.
Paul hatte unterdessen den Koffer geöffnet und fing an, diverse Kladden, Tagebücher, Karten usw. auf dem Fußboden auszubreiten. Eine sehr alte Karte erregte seine Aufmerksamkeit.
Während er sich den Karten widmete, durchstöberte ich die kleinen Innentaschen des Koffers.
Schreiber, Blocks, Visitenkarten mit einer Adresse in Heidelberg, sein Hochschulausweis, der ihn als Dozenten für Geschichte und Philosophie auswies, kamen zum Vorschein. Im letzten kleinen Fach fand ich etwas recht Eigenwilliges. Ich jedenfalls hatte so etwas vorher noch nicht gesehen.
„Schau mal her. Hast du so was schon mal gesehen?" fragte ich Paul, der gerade eine alte Karte des Rheinverlaufs in Händen hielt.
„Das ist doch ein Würfel, oder?" entgegnete er.
Wir betrachteten den Würfel, der aus Gold gefertigt schien. Die Seitenflächen mochten gut 4 x 4 cm groß sein. Und die Augen auf den jeweiligen Seiten sahen aus wie rote Stecknadelköpfe. Nur – die Anzahl der Augen und deren Anordnung wich ganz erheblich ab von uns bekannten Würfeln. Paul wandte sich wieder der Karte zu.
Ich setzte mich auf die Ecke meines Schreibtisches und betrachtete das Objekt aus dem Koffer.

Vier Seiten hatten feine Rillen, unterbrochen durch die unterschiedlichen Mengen roter Punkte.
Es sah aus, als sollte man diesen Würfel in eine Richtung drehen. Die Rillen bildeten dann eigentlich nur eine fortlaufende Rille. Vermutlich waren die beiden seitlichen Flächen Ausgangspunkt und Endpunkt dieser Rille. Auch hier waren Punkte nach klaren geometrischen Figuren angeordnet. Eine Art kleiner Pfeil zeigte Anfang und Ende der ganzen Figur an.
War dies jetzt ein Spiel oder eine Information, was auf dem Sechsseiter zu sehen war?
„Paul, hast du bei den Unterlagen im Koffer vielleicht eine Notiz oder Zeichnung zu diesem Würfel entdeckt?" fragte ich.
„Bislang nicht. Aber noch habe ich nicht alles durchgesehen."
Einen Augenblick lang schaute ich mir noch den Würfel an. Dann sagte ich: „ Wir sollten alle zusammenrufen, die an dieser Sache interessiert sind und die etwas zur Aufklärung beisteuern könnten. Und dann werden wir später gemeinsam eine Kampagne entwickeln, wie wir die Öffentlichkeit über die damaligen Vorgänge informieren können. Was meinst du?"
Paul sah mich an und blickte dann auf den Koffer.
„Ich glaube, du hast recht", nickte er, „gemeinsam kriegen wir außerdem ein lückenloseres Bild zustande. Laß uns heute noch die Leute anrufen. Wollen wir uns morgen abend bei mir treffe?"

„Machen wir, Paul. Dann laß uns jetzt Schluß machen. Ich wollte sowieso noch zur Polizei und nach Louisendorf fahren. Doch jetzt wollen wir ausgiebig frühstücken.“

Von der Uedemer Straße bog ich in die Imigstraße ein. Rechts vor mir lag auf der Anhöhe der Endmoräne zwischen Goch, Kalkar und Kleve das kleine Louisendorf.

Was hatte der Professor uns nicht ’93 für eine haarsträubende Geschichte auftischen wollen über diesen idyllischen Ort. Und das wir alle überhaupt nicht wüßten, warum Louisendorf gerade hier und auch gerade so angelegt worden sei. Auch das Louisendorfs Existenz schon geplant war, noch bevor die ersten Pfälzer 1743 hier am Niederrhein siedelten. Louisendorf wäre der Schlüssel zum größten Geheimnis der Region. Und nur hier könne er sein TAGOON einsetzen – wenn die Zeit gekommen sein würde. Er zeigte uns sogar eine Zeichnung, wie das TAGOON aussah. Was dieses futuristische Objekt mit Louisendorf zu tun haben sollte, wußte ich nicht – noch nicht. Und der Clou seiner Phantastereien: Seit 1992 haben die Vorankündigungen in Form unerklärlicher Geschehnisse und Phänomene am Niederrhein begonnen. Und was prophezeite er damals? Wenn das Undenkbare passiert, würden diese Zeichen zehn Jahre vorher beginnen.

„Na, dann haben wir ja Zeit bis zum Jahr 2002“, flachste Paul ’93, „und ich weiß auch, was das Undenkbare ist: Holland wird dann Fußballweltmeister, haha.“

Jetzt war mir aber mehr nach Lachen zumute. Vor allem, weil der Professor jetzt tot war.

Langsam fuhr ich die Straße entlang.
Vor einem der schmucken Häuser sah ich einen Mann im Vorgarten stehen, der seine Sträucher zu betrachten schien.
Ich hielt an, stellte den Motor ab, stieg aus und ging auf den Mann zu. Der grauhaarige alte Mann mit einer Pfeife im Mund sah mich und kam seinerseits bis ans Gartentor.
„Guten Tag, mein Name ist Chris van Heuvel. Ich komme von der Rheinischen Post und hätte ein paar Fragen an sie."
„An mich?" der Mann, der ungefähr siebzig Jahre alt war, zeigte sich sichtlich überrascht.
„Ja, warum nicht? Darf ich ihren Namen erfahren?"
„Willi Graaff." Der Mann klopfte seine Pfeife auf dem Gartenpfosten aus und steckte sie in die Hosentasche.
„Danke sehr. Herr Graaff, ich würde gerne wissen, ob sie etwas von dem Unfall vorletzte Nacht mitbekommen haben. Sicher haben die Beamten sie auch schon befragt – oder?"
„Mit wem sprichst du da, Willi?" war eine Frauenstimme aus dem Haus zu hören, „ist das der Mann, der bei Klaus Vesterhof war und so merkwürdige Fragen stellte?"
„Nein, Maria. Dieser Herr ist von der Zeitung. Er will nur etwas über den Unfall wissen – nicht wahr?" dabei wandte er sich wieder zu mir, „oder waren sie beim Vesterhof?"

„Nein", entgegnete ich, „was war denn das für ein Mann – bei wem nochmal?"
„Klaus Vesterhof. Ach, gestern gegen mittag. Ein Mann mit einem ganz merkwürdigen Namen. Was der wollte, müssen sie den Vesterhof schon selber fragen. Meine Frau und ich waren heute vormittag noch bei ihm und ich muß sagen, der Klaus war ganz schön durcheinander."
Natürlich kannte ich den Vesterhof. Doch dazu später.
„Doch gewiß, da werd ich mal hingehen. Wenn sie mir gleich noch sagen, ob der immer noch am Friedhof wohnt, wäre ich ihnen sehr verbunden. Ich glaube sogar, daß ich den Mann kenne. Aber zu ihnen: In der Nacht, als der Unfall war, ist ihnen da etwas aufgefallen? Ich weiß, die Uedemer Straße ist ein ganzes Stück entfernt." Ich kramte meinen Stift und einen Block aus der Jackentasche heraus.
„Nee, außer daß ich … – es muß kurz vor dem Unfall gewesen sein – … sowas wie einen hellen Blitz durch die Rolladenritzen sah. Und etwas später noch einen. Wir waren an diesem diesen Abend lange auf, um einen alten Rühmann-Film zu sehen. Ich wunderte mich über die Blitze, denn als ich vor die Tür ging, sah ich, daß es sternenklar war, von Gewitter keine Spur."
„Kann es so eine Art Wetterleuchten gewesen sein?" fragte ich.
„Nein – ich weiß nicht. Es zuckte jeweils nur kurz. Aber eben sehr hell."

„Haben sie die Polizei benachrichtigt, Herr Graaff?" wollte ich wissen.
„Nein. Das war der Gustav Janssen, der weiter vorne an der Uedemer Straße wohnt. Gustav bekommt doch fast alle Unfälle mit. Komischerweise geschehen die meisten dieser Unfälle nur auf dem Abschnitt zwischen Louisendorf und dem Tannenbusch."

Ich steckte meine Schreibutensilien wieder ein.
„Wenn sie hier weiterfahren und dann die Hauptstraße rechts, genau auf den Kirchturm zu, am Friedhof stop und dann an der linken Seite: Da ist es. Sagen sie ruhig, ich hätte sie geschickt." Graaff lehnte sich an seinen Gartenzaun und nickte zum Abschied.
Ich habe von hier schon einmal fotografiert, dachte ich, als ich vor dem Haus hielt. Vielleicht erkennt er mich ja wieder. Aber weiß er, wer ich wirklich bin?

„Guten Tag, Herr Vesterhof. Mein Name ist Chris van Heuvel. Ihr Nachbar, der Herr Graaff, schickt mich zu ihnen", sagte ich so freundlich ich konnte, „er sagte, sie hätten gestern Besuch gehabt. Stimmt das?"
„Sind sie von der Polizei?" wollte der Alte wissen.
„Herr Vesterhof, ich bin von der Zeitung – von der RP. Wenn sie Zeitungsleser sind, haben sie bestimmt schon viele Fotos von mir gesehen.""Ich kenne sie", hüstelte der alte Pfälzer und forderte mich mit einer Handbewegung auf, ihm ins Haus zu folgen.

„Sie kennen mich?“ fragte ich, als ich mich im Wohnzimmer in einen Sessel setzte.
„Ja sicher. Als ich vor drei Monaten mein 50jähriges Feuerwehrjubiläum im Pfälzerheim gefeiert habe, machten sie doch die Fotos, stimmt's? Warten sie, ich hole uns ein Schnäpschen.“
Er ging an den Schrank, nahm zwei Gläser heraus und meinte:
„Muß eben zum Kühlschrank. Wir wollen doch keinen warmen Schnaps, oder?“

Daß ich '93 aus seinem Haus heraus auch schon fotografiert hatte, wußte er offenbar nicht mehr. Mein Blick ging durch die Wohnstube. Deutlich war die Heimatverbundenheit zu sehen. Wandteller und Sofakissen mit Sprüchen und Weisheiten aus der Heimat der Vorfahren aus der Kurpfalz. Bilder in verschiedenen Größen mit unterschiedlichen Rahmen zeigten alte Ansichten, aber auch Brauchtumsmotive und nicht zuletzt unzählige Ahnenfotos. Ich stand auf und betrachtete einige der vergilbten Fotografien. Unter vielen waren in sorgfältiger altdeutscher Schreibschrift diverse Texte und die Namen der jeweils Abgebildeten.

„Interessieren sie sich für die Pfälzer Geschichte?“ hörte ich plötzlich den alten Mann fragen, der mit einer eisverkrusteten Flasche Birnengeist die Stube betrat.

Er schien mir überhaupt nicht so durcheinander, wie der Graaff mir erzählte.
„Doch, schon“, antwortete ich, wollte mich heute aber nicht in ein Gespräch über Anekdoten der Vergangenheit einlassen. Ich wollte direkt zur Sache kommen, schließlich mußte ich noch zu Togdors Benz.
„Herr Vesterhof, ich möchte gerne auf den Mann zu sprechen kommen, der gestern bei ihnen war. Ist das in Ordnung?“
„Hören sie, Herr van Heuvel, haben sie schon mal so einen richtigen Schreck bekommen? Nicht nur wie bei einem plötzlichen Autohupen. Nein. So, als würden sie einen Geist sehen. Bestimmt nicht. Ich aber gestern morgen.“ Er füllte beide Gläser mit dem Birnengeist. Dann kam er zu mir. Ich stand noch immer an der Wand mit der Ahnengalerie. Vesterhof nahm ein Bild ab und hielt es mir hin.
Auf dem Schwarzweißfoto stand eine Gruppe Männer mit Frack und Zylinder. Flankiert wurden sie von Fahnen und allerlei flatternden Bändchen. Auf einem länglichen Schild über den Köpfen der Männer war nur eines groß genug geschrieben, um es auf dem Foto lesen zu können: Die Jahreszahl 1920.
„Dies ist eine sehr alte Fotografie von unserem Gründungsjubiläum 100 Jahre Louisendorf. Schauen sie mal hier“, dabei zeigte er auf einige der abgebildeten Personen, „dies hier ist mein Großvater – und dieser Mann … halt, Moment, ich habe ganz vergessen,

Prost zu sagen.“ Er ging zum Tisch, reichte mir ein Glas, dann nahm er das zweite und mit einem Prost tranken wir aus.
„Das tat gut, nicht?“ Er stellte sein Glas zurück auf den Tisch und nahm das Bild wieder in die Hand.
„Also hier“, dabei tippte er auf den Mann, der neben seinem Großvater stand, „dieser Mann war gestern da. So wahr ich hier stehe. Und er sah keinen Tag älter aus als auf dem Foto.“
„Vielleicht ist da nur eine große Ähnlichkeit, Herr Vesterhof“, wollte ich ihn beruhigen.
„Das habe ich ja auch erst gedacht. Aber der Besucher gestern hatte, nachdem ich ihn ins Haus ließ, direkt dieses Bild mit der Bemerkung von der Wand genommen, daß er es sei, der auf dieser Aufnahme neben meinem Großvater steht. Und er nannte alle Namen der Anwesenden auf dem Bild.“
„Die hätte er doch nur ablesen brauchen. Die Namen stehen doch drunter“, warf ich ein.
„Schon. Habe’ ich zuerst auch gedacht“, konterte der Alte, „aber dann nannte er noch die Berufe sämtlicher Personen und zudem die Mädchennamen einzelner Ehefrauen dieser Männer. Hier – dieser Mann ist der Besucher.“ Klaus Vesterhof reichte mir das Bild abermals.
Ich sah mir den Beschriebenen ganz genau an – und je länger ich mir das Gesicht ansah, desto mulmiger wurde es in meiner Magengegend. „Das ist Gaz

Togdor", flüsterte ich und blickte zu dem Alten rüber, „das ist der Professor. Das kann doch nicht sein?"
„Sie kennen den Mann auch?" fragte Vesterhof und zog dabei die Stirn in Falten.
„Allerdings. Aber das Foto ist über 75 Jahre alt – und der Professor, den ich kenne, müßte so 50 sein. Aber 50 Jahre scheint er ja schon auf diesem Bild zu sein."
Ich war verwirrt.
Vesterhof hatte auf diesen Schreck noch einmal nachgeschenkt. Den brauchte ich auch.
„Warten sie", rief ich erregt, „was stehen denn für Namen drunter. Woll'n doch mal sehen."
Unter dem Mann, den ich für Gaz hielt, standen lediglich Initialen: GT.
„GT gleich Gaz Togdor!" flüsterte ich und setzte mich langsam hin. Vesterhof setzte sich ebenfalls und beobachtete mich.
Da denkst du, du kennst diesen Mann seit vier Jahren, und dabei hat man keine Ahnung. Wer ist das? Was ist er?
Ich drehte mich zu meinem Gastgeber: „Mit diesem Mann habe ich mich gestern getroffen. Heute bekam ich einen Brief, in dem er berichtet, daß er seit 200 Jahren das TAGOON sucht."
„Das TAGOON?" Der Mann sprang auf. „Was wissen sie vom TAGOON? Seit ich klein war, habe ich das Wort in meinem Kopf. Mein Großvater erwähnte es einmal gegenüber meiner Großmutter. Sie dachten, ich

schlief. Später kam meinem Großvater dieses Wort nie mehr über die Lippen."
Sollte ich diesem Mann mehr über das TAGOON erzählen? Vielleicht später, dachte ich. Ich wußte jetzt, daß es der Professor war, der den Alten gestern aufgesucht hatte. Doch was wollte er von Vesterhof?
„Was hatte Gaz Togdor eigentlich gewollt?" fragte ich ihn.
„Er wollte wissen, was ich über das TAGOON weiß und außerdem, wer meine Nachkommen sind", antwortete Vesterhof.
Ich schaute wieder auf das Bild.
„Vesterhof, Vesterhof – ich denke, ihr Großvater ist mit auf dem Bild? Hier steht aber niemand dieses Namens."
„Doch doch, Herr van Heuvel. Neben diesem GT steht mein Großvater auf dem Bild."
„Aber hier steht Alois Grossard", sagte ich.
„Genau, und das war mein Großvater. Meine Mutter, eine geborene Grossard, heiratete einen Vesterhof und logischerweise heiße ich auch so."
„Und?" fragte ich weiter, „konnten sie ihm helfen?"
„Was meinen sie?"
„Na, wer ihre Nachkommen sind?" Auf diese Frage war ich sehr gespannt.
Der alte schüttete sich noch einen Schnaps ein. Ich lehnte dankend ab.
„Zwei Söhne hatte ich. Beide tot." Er trank hastig sein

Glas aus. Er sprach nicht gerne darüber, ich merkte das.
„Der Ältere schon als kleiner Junge. Der jüngere Sohn starb bei einem Unfall '63. Deshalb habe ich auch keine Enkelkinder", erzählte er weiter.
Sollte ich ihm jetzt antworten? Nein.
Ich stand auf, um zu gehen. Eigentlich wollte ich hier in Louisendorf etwas über den nächtlichen Unfall in Erfahrung bringen – und dann kam dieser Knaller. An der Tür drehte ich mich zu Klaus Vesterhof, bedankte mich für den ausgezeichneten Birnengeist und versprach, mit ihm in Verbindung zu bleiben.
Ich war schon ein paar Schritte entfernt, da rief er hinter mir her: „Herr van Heuvel, ich glaube, den Togdor habe ich '93 schon einmal gesehen. Hier an der Kirche, zusammen mit zwei anderen Männern. Bestimmt war der das. – Kommen sie gut heim."

Noch völlig benebelt – weniger vom Pfälzer Schnaps als von den Neuigkeiten über Gaz – steuerte ich in Kleve den Platz an, wo alle Unfallautos, die noch untersucht werden müssen, von der Polizei gehortet werden.
Dem Beamten am Tor zeigte ich meinen Presseausweis und fragte nach dem roten Mercedes mit Heidelberger Nummer.
Ich war nicht wenig erstaunt, als ich erfuhr, daß sich nicht nur zwei andere Männer in den frühen Morgen-

stunden für das Auto interessiert hatten, sondern daß schon gestern Nacht dieses Fahrzeug nach Vorlage amtlicher Papiere abgeholt wurde. Wohin? „Seltsamerweise gibt es da keine Notiz“, bemerkte der Beamte schulterzuckend.
„Verdammt merkwürdig – das alles“, brummelte ich und verließ das Gelände.

Ich beschloß, nach Hause zu fahren und einige Anrufe bezüglich unseres Treffens in Goch bei Paul zu tätigen. Ein Blick auf die Uhr: Es war halb vier. Becca wollte heute um fünf da sein. Also war noch Zeit.
Einen Kaffee trinken und dabei eine Kleinigkeit essen. Genau das hatte ich jetzt vor.
Bei der zweiten Tasse hatte ich meine Namensliste für Freitag fertig: Paul, Becca, Wim, Klaus Derrik und ich natürlich. Außerdem werde ich Hermann Cramer anrufen, überlegte ich.
Der Polizeiobermeister Cramer hatte ’93 auch heftig einen vor den Bug bekommen. Als erster an der Fundstelle – er hatte alles von Anfang an mitbekommen, hatte alles gesehen und gehört – und wurde schließlich verspottet, als er erzählte, was er glaubte gesehen zu haben. Vielleicht weiß er, welche Dienststellen was entschieden haben bei dieser Sache. Er würde bestimmt dabei sein wollen.
Heute abend würde ich mir Gaz’ Koffer nochmals ansehen. Sollte ich eine Notiz über den Verbleib seines

Beweises finden, würde ich noch morgen früh versuchen, es zu holen.

Fast gleichzeitig trafen Becca und ich vor unserem Haus ein.
„Und sie haben dich nicht einfach länger da behalten?“ scherzte ich.
„Sie wollten schon“, lachte sie, „aber der Tag heute reichte mir.“
Wir überblickten kurz die Parkbuchten vor unserem Haus, aber einen dunkelgrünen Volvo konnten wir nirgends entdecken.
„Die Luft ist rein – lieber Chris. Darum möchte ich jetzt einen dicken, fetten Kuß von dir.“
„Hier vor der Haustür?“ Mein Gott, dachte ich bei mir selbst, du hörst dich an wie ein Spießer.
„Aber klar“, lachte Becca. Sie wußte genau, was sie wollte.

Freitag, 14. Maerz '97

Um 10.00 Uhr verließ ich die Redaktion, nachdem ich mir die Fototermine des Tages notiert hatte. Wim freute sich schon auf das abendliche Meeting in Goch.

Hermann, den ich gestern abend angerufen hatte, war zunächst etwas zurückhaltend. Dann wollte er es sich auf jeden Fall zumindest einmal anhören. Und da er heute einem Kollegen zuliebe dessen Frühschicht übernahm, war es für ihn auch zeitlich machbar.
Klaus Derrik erreichte ich über die Tannenburgkaserne. Er wollte sogar einen Bekannten mitbringen. Einen interessierten Stabsoberfeldwebel, der in der Stabskompanie arbeitete.
Und auch Becca hatte sich fest vorgenommen, dabei zu sein. Nachdem ich ihr gestern abend noch die Story von Vesterhof erzählt hatte und was sie dann noch bei der gemeinsamen Durchsicht der Kofferunterlagen alles erfuhr, da war für sie klar, sie wollte erfahren, was es mit diesem Geheimnis auf sich hatte.

Da mein erster Fototermin erst gegen zwei Uhr sein sollte, fuhr ich nach Hause, um weiter im ominösen Koffer des Professors zu suchen. Den ganzen gestrigen Abend hatten Becca und ich uns durch die Notizen und Bemerkungen gearbeitet. Erstaunliche Informationen traten zutage. Einen Hinweis auf ein Versteck oder auf Koordinaten fanden wir jedoch nicht.
Jetzt saß ich wieder im Arbeitszimmer. Der gesamte Kofferinhalt lag ausgebreitet vor mir auf dem Tisch. Den seltsamen Würfel hatte ich auf den Monitor gestellt.

Hinter deine Bedeutung werde ich auch noch kommen, dachte ich, schaute auf den Würfel, dann wieder auf den leeren Koffer.
Kein Kugelschreiber, nicht mal 'ne Büroklammer war mehr drin.
Ich nahm den Koffer in die Hand. Instinktiv schüttelte ich ihn. Dann nochmal.
Verflixt, da ist doch noch etwas drin, dachte ich und schüttelte ihn abermals. Aber sicher.
Ich setzte das Stück wieder ab und befühlte den Boden. Mir war, daß beim Schütteln irgendetwas hin und her rutschte.
Der Koffer war mit hellbraunem Seidenfutter ausgekleidet. In den Ecken eingenäht und oben an den Seitenwänden unter das Leder geführt und befestigt. Diese Befestigung sah aber nicht sehr professionell aus. Ich werde das Futter halt aufschneiden müssen, überlegte ich und griff nach einer Schere.
Mit zwei Schnitten durchtrennte ich das Tuch und schlug es zurück.
Meine Vermutung war richtig. Mit Klebeband war da ein DIN A4 großes und ca. fünf Millimeter dünnes Tagebuch fixiert worden. Durch ständiges Bewegen des Koffers mußte sich das Klebeband langsam gelöst haben.
Vorsichtig nahm ich es heraus.
Es hatte einen ledernen Einband. An den Ecken wie auch auf dem Rücken waren ornamentartige Ver-

zierungen aufgedruckt. Die genarbt-braune Vorderseite hatte in der Mitte eine Prägung. Sie bestand aus einem Ring und darin befanden sich in altertümlicher Form ein großes G und ein großes T.
„Gaz Togdor“, sagte ich ehrfurchtsvoll, „ich glaube, ich bin deinem Geheimnis jetzt auf der Spur!“

Es war Abend geworden. Den ganzen Tag über war es trocken geblieben. Jetzt gegen acht Uhr setzte der für den Niederrhein typische Nieselregen wieder ein.

Paul hatte alles vorbereitet für das Zusammentreffen. Der kleine Eßtisch war ausgezogen, sechs Stühle drumherum gruppiert.
Vor einer Stunde meldete sich Wim, der zwar Pauls Telefonnummer – aber nicht dessen genaue Adresse wußte hatte.

Kurz bevor ich zum Fototermin aufbrach, den man mir kurzfristig aufgebrummt hatte, rief ich Becca an, bat sie, mit ihrem Wagen abends nach Goch zu fahren und gab ihr Pauls Anschrift.

Pünktlich gegen acht standen erst Becca, zwei Minuten später Wim vor Pauls Tür und begehrten per Sprechanlage Einlaß. Paul öffnete.
„Damit der Abend nicht ganz so trocken wird", lachte Wim und hielt zwei Flaschen Wein in die Höhe, als er die obersten Treppenstufen erreichte. In der Wohnung begrüßte er Becca. „Hey, alleine? Wo ist Chris?"
„Der kommt einige Minuten später – macht noch 'nen Termin", erwiderte Becca, als sie gemeinsam zum ‚Versammlungstisch' gingen.
Dabei betrachtete sie sich das Eßzimmer dieser kleinen Zweieinhalbzimmer-Wohnung, das sehr schlicht eingerichtet war. Paul hatte diese Wohnung im dritten Stock eines schmucklosen Reihenhauses kurzfristig mieten können.
Paul war unterdessen in die Küche geeilt und kam jetzt mit einer Schüssel Cracker ins Eßzimmer.
„Wir warten noch auf die Anderen, bevor wir den Wein öffnen, nicht wahr?" fragte Paul.
Wim und Becca nickten.
Erneut mußte Paul zur Wohnungstür. Unten standen Klaus Derrik und ein zweiter Mann.
„Hallo", begrüßte Klaus die Anwesenden, „ich habe mit Chris über Lars gesprochen und daß ich ihn mitbringen würde. Lars kann sicherlich einige sehr interessante Informationen über die Nacht des 23. auf den 24. Mai '93 beisteuern. Chris jedenfalls war einver-

standen, daß er dazukommt." Dabei zeigte Klaus mit einer Handbewegung auf seinen Begleiter.
Dieser gab erst Becca, dann Paul und schließlich Wim die Hand: „Ich freue mich, daß ich mitkommen durfte. Mein Name ist Lars Mücker. Ich bin Oberstabsfeldwebel in Goch – wohne gar nicht weit von hier – und hörte von Klaus, daß sie sich mit einem ganz brisanten Thema beschäftigen. Übrigens, äh – nennt mich einfach Lars und das SIE würde ich auch gerne weglassen." Er schaute fragend in die Runde.
„Einverstanden. Ich heiße Paul."
„Ich bin Wim. Guten Abend, Lars."
„Mein Name ist Becca. Ich bin Chris' Freundin. Hallo." Sie lächelte Lars freundlich an und meinte: „Weißt du auch, auf was du dich da eigentlich einläßt?"
„Ja sicher. Ich weiß auch, daß es riskant werden könnte."
Lars hatte eine Aktenmappe dabei, die er vor sich auf den Tisch legte. Mittlerweile hatten alle Platz genommen.
Paul kam mit dem Korkenzieher.
„Außer Chris fehlt jetzt nur noch Hermann."
„Hermann?" fragten Becca und Wim wie aus einem Mund.
„Hermann Cramer. Ja. Der Polizist. Becca, den müßtest du durch Chris doch auch kennen", bemerkte Paul, während er die erste Flasche Wein öffnete.

Becca kannte Hermann Cramer natürlich. Aber nicht nur über Chris. Hermann war einige Male bei ihr in der Sparkasse, um zusätzliches Geld für seinen Hausausbau zu bekommen. Leider konnte sie ihm damals nicht in dem Umfang helfen, wie er sich das wünschte. Natürlich wußte niemand der Anwesenden davon.

„Chris hat ihm doch meine Adresse gegeben?" hoffte Paul.
Wim fiel ihm fast ins Wort: „ Hör' mal, der Mann ist bei der Polizei. Wenn der nicht herausbekommt, wo du wohnst – na, weiß ich auch nicht." Schon wieder verschwand ein Cracker in Wims Mund.
„Das ist bestimmt Chris – oder Hermann", strahlte Paul als er wieder zur Tür gerufen wurde.
Augenblicke später stand Hermann im Flur.
Er sieht ganz anders aus, wenn er nicht in Uniform ist, dachte Paul. Bislang hatte er ja meistens beruflich mit ihm zu tun.

Becca stellte Hermann den anderen Anwesenden vor und ohne große Mühe hatte sie auch hier das ‚du' installiert.
Hermann setzte sich auf den letzten freien Stuhl, griff in die Innentasche seiner Jacke, und zog einen Stapel zusammengefalteter Blätter heraus. Diese legte er vor sich hin.

„Auch einen Wein?“ fragte Becca.
„Wenn ihr Bier im Haus habt, trink ich lieber ein Bier. Am besten ein Alt.“
Hermann bekam sein Alt.
„So – alle sind versammelt. Nur Chris fehlt noch“, bemerkte Paul, der für Hermann auch noch ein original Altglas gefunden hatte und dieses auf den Tisch stellte.
Augenblicklich setzte ein ‚Sturm-Läuten‘ an der Tür ein. Paul sprang erschrocken auf und hörte, nachdem er die Haustür geöffnet hatte, wie jemand hastig, immer drei Stufen nehmend, heraufeilte. Die versammelte Gesellschaft starrte zur Tür und sah, wie ich, völlig außer Atem, mich an den Türrahmen des Eßzimmers lehnte. Tropfnaß vom Nieselregen. In meiner Hand hielt ich – in eine Decke gewickelt – ein rechteckiges Objekt. Das war trotz Decke zu erkennen. Ich schwang es vor meiner Nase hin und her und stammelte: „Das ist er … das ist der Beweis. Verflucht nochmal. Ich habe das TAGOON gefunden – hört ihr?“

Ohne Rücksicht auf Pauls Teppichboden machte ich in meinen nassen Klamotten zwei Schritte nach vorne und legte die nasse Decke mitsamt Inhalt auf den Tisch. Beinahe wäre dabei Hermanns Glas umgekippt. Ich schaute jedem Einzelnen schweigend in die Augen. Keiner sagte ein Wort.

Ich schlug die Enden der Decke zurück, zog diese dann glatt und präsentierte das Objekt, für das der Professor hatte sterben müssen.
„Bitte schön, liebe Anwesenden", mit beiden Händen zeigte ich auf ein hochpoliertes, futuristisch anmutendes Objekt, das eine Art Kreuz darstellte und in dessen Mitte eine kleine Pyramide herausragte, „hier liegt der Schlüssel zum Geheimnis der '93er Vorfälle."
Paul bekam kaum Luft: „Das TAGOON. Ich werd' verrückt. Mensch Paul, sag', wo hast du das denn her? Warum hast du denn nicht Bescheid gesagt, ich wäre doch mitgekommen?"
Alle standen auf und bestaunten den Fund.
„In Gaz' Koffer fand ich versteckt unter dem Futter sein – sagen wir mal – Tagebuch. In diesem Buch stand sehr viel Aufregendes. Ich werde Euch dieses Tagebuch natürlich auch noch zeigen. Bestimmt. Und weshalb ich es so geheim gemacht habe?" Ich wischte mit einem Zipfel der Decke über die kleine pyramidenähnliche Erhöhung, die in der Mitte des TAGOON herausragte, wo sich die vier Kreuzteile trafen. „Was Gaz passiert ist, als er den Beweis holen wollte, wissen wir. Darum bin ich alleine gefahren."
„War denn jemand hinter dir her?" wollte Becca wissen. „Ich habe niemanden bemerkt", antwortete ich und schaute dann abermals in die Runde: „Becca, Wim, Paul, Hermann, Klaus und – eh – sorry, deinen Namen weiß ich nicht" – ich nickte Lars Mücker zu,

„wir sollten jetzt sofort an die Arbeit gehen. Und einen Namen habe ich auch schon für dieses gefährliche Projekt. Genau wie die Militärs ’93 nennen wir es jetzt ebenfalls OPERATION ENDMORÄNE!“

Es sollten drei aufregende und erkenntnisreiche Tage und Nächte auf uns zukommen. Und es würde gefährlich werden, das wußten wir.
Klar wurde uns das spätestens, als Wim in der Nacht nach unserer Besprechung auf der Heimfahrt ins holländische Groesbeck von einem Rover von der Straße gedrängt wurde. Daß an dieser Stelle, wo er in den Graben rutschte, kein Baum oder ähnliches stand, war sein Glück. Die unbekannten Roverfahrer fuhren mit hohem Tempo davon, ohne anzuhalten.
Am nächsten Tag halfen Bauern aus der Nachbarschaft, den steckengebliebenen Wagen wieder auf die Fahrbahn zu ziehen.
Ob dieses nächtliche Ereignis tatsächlich etwas mit unseren Nachforschungen zu tun hatte, vermochten wir letztendlich nicht zu klären. Wir waren seitdem jedenfalls noch mehr auf der Hut.
Was ich aus Gaz' verstecktem Tagebuch erfahren hatte, seine Reiseberichte und sein Wissen über mystische Zusammenhänge, begründeten den Verdacht, daß unser Professor – wenn er es auch nie behauptet oder angedeutet hatte – möglicherweise keiner von uns war.

Als er mich am 25. Mai 1993 in der Redaktion anrief, dachten wir, er wolle nur mit den beiden Zeitungsleuten reden, denen der ‚Bombenfund‘ nahe Louisendorf nicht geheuer war. Heute weiß ich, daß er eigentlich nur mich haben wollte. Weshalb, erzähle ich Euch noch. Von ihm habe ich später auch erfahren, das mehr ‚Togdors‘ auf der Erde sind als wir glauben und daß sie ganz bestimmte Aufgaben zu erfüllen haben.
Technikgläubig und zu rationalem Denken erzogen, leben wir alle nur in einer Welt des Konsums, der Arroganz und der Verschlossenheit vor allem Irrationalen.
Wenn die Zeichen, die meine Freunde und ich in den letzten Tagen gefunden und gedeutet haben, wahr sind, wird bei der fortdauernden Gleichgültigkeit der Menschen gegenüber den mystischen Gesetzen der Erde in wenigen Jahren eine Korrektur ihres Verhaltens kaum mehr möglich sein.

Damit ihr euch selbst ein Bild machen könnt über unsere Recherchen, werde ich euch die ganze Geschichte erzählen. Mit Hilfe meiner Freunde konnte ich die Geschehnisse von damals fast lückenlos rekonstruieren.
Viele von euch werden sich an Einzelheiten erinnern können, andere auch an komplexere Zusammenhänge.

Wie ich da überhaupt reingerutscht bin, wollt ihr wissen? Okay. War ganz einfach.

Alles begann mit einem Bombenfund in Kleve im Bereich der Albersallee und der Sackstraße am 12. Mai 1993.

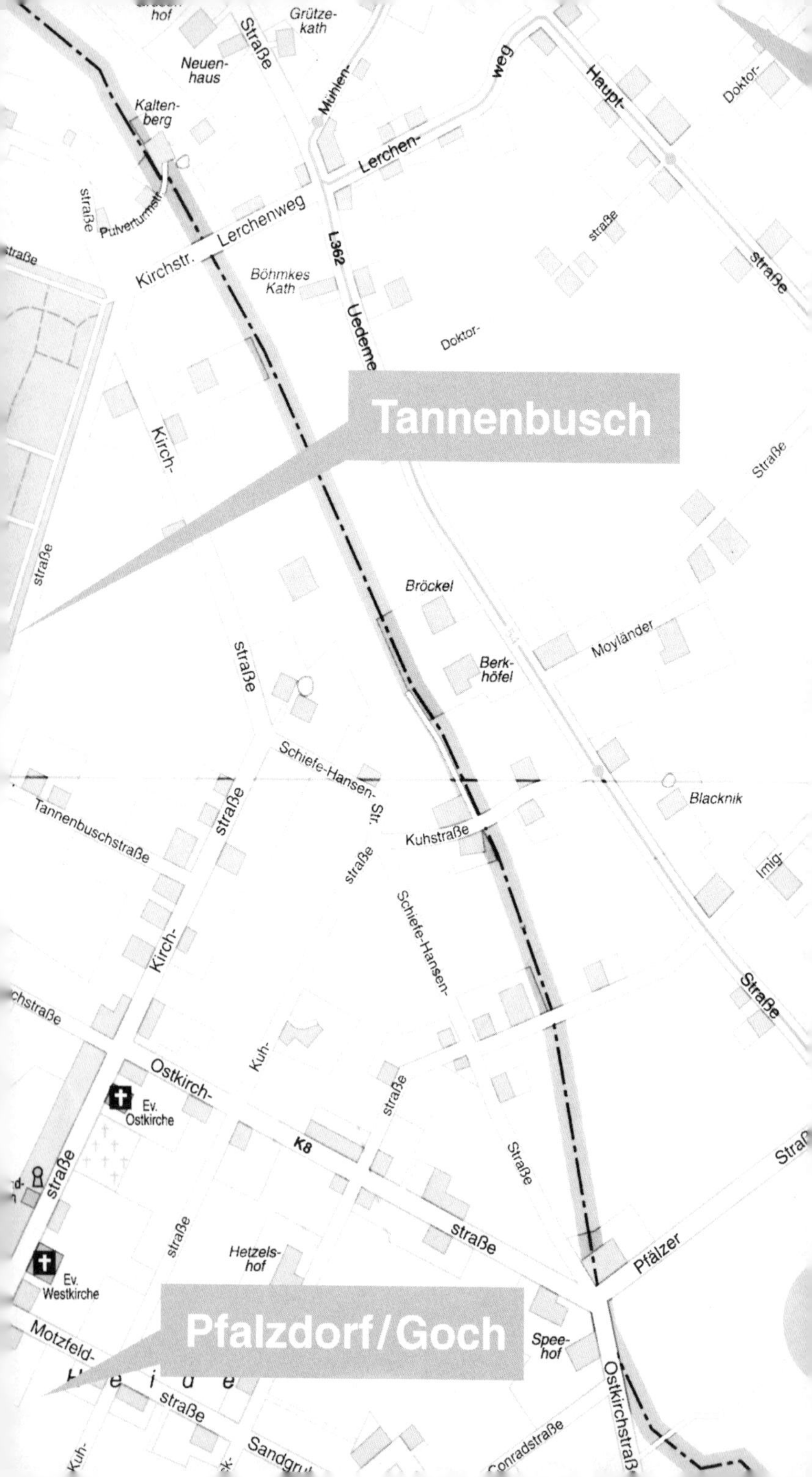

Tannenbusch

Pfalzdorf/Goch

Grützekath
Neuenhaus
Kaltenberg
Mühlenweg
Lerchenweg
Hauptstraße
Doktorstraße
Pulverturmstr.
Kirchstr.
L362
Uedemer
Böhmkes Kath
Kirchstraße
Bröckel
Berkhöfel
Moyländer Straße
Schiefe-Hansen-Str.
Blacknik
Tannenbuschstraße
Kuhstraße
Imigstraße
Ostkirchstraße
K8
Ev. Ostkirche
Ev. Westkirche
Hetzelshof
Speehof
Pfälzer Straße
Motzfeldstraße
Heide
Sandgrube
Conradstraße
Ostkirchstraße

Müllumlade-
station
eve
Kalkar
Bahn
K27
Moyländer
straße
Straße
Haupt-
Imig-
straße
Pfalzdorfer
straße
P
Louisen-
Louisendorf
Ev. Kirche
platz
K8
Straße
Haupt-
Speh-
Fundort
der ‚Bomben‘
21. Mai 1993
Pfalzdorfer
Uedemer
L362
Speh-
weg
Straße
Mühlen-

Operation Endmoräne

Mittwoch, 12. Mai '93

Es war 11.00 Uhr und W.A. Smeets hatte es sich nicht nehmen lassen, eine Runde Sekt zu spendieren. Hatte man ihn doch vom Politikredakteur zum Chefredakteur ernannt, der jetzt für den weiteren Erfolg der auflagenstärksten Zeitung des Kreises verantwortlich war. Die Redaktionsmitglieder, die Damen und Herren der Anzeigenabteilung und die Fotografen waren gekommen.
Kurze Reden, höfliche Floskeln und allerlei Allgemeines wurde ausgetauscht – wie halt immer bei solchen Anlässen.
Ich stand etwas abseits und genoß meinen Sekt. Sekt am Vormittag ist 'ne ganz riskante Geschichte, dachte ich. Müßte ich nicht gleich noch raus zur Albersallee, wäre noch ein Glas Sekt drin, aber schließlich hatte ich gegen halb eins noch einen Termin beim hoffentlich geglückten Entschärfen der drei Fünf-Zentner-Bomben in der Oberstadt. Ein bißchen Zeit hatte ich noch.
Besonders, da jetzt noch reichlich Kanapees angeboten wurden. Na dann viel Erfolg, Herr Chefredakteur, dachte ich.

Die Entwarnung ließ die Anwohner wieder in ihre Häuser und Wohnungen strömen. Der Feuerwerker hatte ein Einsehen mit uns Fotografen und verharrte noch für einige Schnappschüsse in seinem Erdloch. Schließlich wollte er zurück nach Düsseldorf.
„Bis demnächst“, rief er lächelnd und dennoch konnte man die Anspannung der letzten Stunde in seinem Gesicht erkennen.
Er hatte gar nicht so unrecht, dachte ich, was hier dauernd aus dem Boden geholt wird, ist schon eine Menge. Es waren noch keine drei Monate her, da fand man bei Ausschachtungsarbeiten in Hassum eine Bombe und im Dezember auf einem Acker bei Pfalzdorf. Glücklicherweise verstehen die Feuerwerker ihr Handwerk.

„Und jedesmal darf ich die häßlichen Zeugnisse des letzten Weltkrieges ablichten“, sagte ich zum Polizeimeister Cramer, der damit beschäftigt war, die Schaulustigen vom Gelände fernzuhalten.
„Ja, guten Tag, Herr van Heuvel“, frotzelte Cramer, „vielleicht sind sie der entbehrlichste bei eurer Zeitung.“
Ich mußte lachen.
Die Jungs von der Polizei sind bei der ganzen Entschärfungsaktion nach dem Mann an der Bombe, die, die am nächsten dran bleiben, dachte ich.
Ich verließ das Gelände und machte mich auf den Weg

zum Reichswald, der von Kleve bis westlich an die Grenze der Niederlande reicht. Hier war ich gegen 14.00 Uhr mit Paul verabredet.
Paul war Redakteur der Rheinischen Post in Kleve und wenn er einer Sache auf der Spur war, mußte ich mit. Wir waren ein verdammt gutes und eingespieltes Team. Und Paul hatte immer den richtigen Riecher für knallige Stories.
Der wird sicher bald von Kleve weg sein – vielleicht nach Düsseldorf in die Reportage-Redaktion. Würd' mich für ihn freuen. Aber, ob seine Frau mitgehen würde – und dann mit dem Kind, dachte ich, während vor mir der Reichswald auftauchte.

Sonntag, 16. Mai '93

Vor den Toren des Gustav-Hoffmann-Stadions hatte ich mich mit Stephan Pose verabredet. Er kam gerade aus der VfB-Kabine, als ich an der Kasse vorbei das Sportgelände betrat. Als Fotograf der Zeitung gehörte es natürlich auch zu meinen Aufgaben, Sonntag für Sonntag die Heimspiele der Klever Landesligisten zu besuchen. Zumeist mit Stephan, der die Sportberichte verfaßte.

„Na, was tippst du für unsere Mannschaften?“ fragte ich.
„Also, VfB hier gegen Hüls 1:1 und Sportclub gewinnt gegen Schlußlicht in Xanten 3:0, bin ich mir sicher.“
Stephan war stets ein exzellenter Vorhersager.
„Wir werden ja sehen“, meinte ich und holte meine Kamera aus der Fototasche.
Das Licht war gut und so begab ich mich hinter das Tor der Hülser, die vor wenigen Minuten Anstoß gehabt hatten.
Stephan selbst ging zur Gästetrainerbank, um dort noch einige Statements zu bekommen.
Zwanzig Minuten später gesellte er sich zu mir.
„Hey du, ich habe tolle Aktionen im Kasten. Ich fahre jetzt noch mal schnell nach Goch. Bin gespannt, was die Viktoria gegen Straelen macht.“
Noch bevor ich mich abwenden konnte, hielt Stephan mich am Ärmel fest: „Die Aufnahmen vom Judo in Grieth haste doch gemacht – oder?“
„Klar“, beruhigte ich ihn und verließ eilig das Stadion.

Nachdem ich in Goch sogar eines der zwei Tore auf Film hatte, entschloß ich mich, die Rücktour über Pfalzdorf, Louisendorf und Moyland zu machen. Vielleicht boten sich noch ein paar Schnappschüsse vom Schloßpark an.
Das Wetter war angenehm jetzt Mitte Mai, und so waren auch eine Menge Radfahrer unterwegs, die

ebenfalls die beschaulichen Routen zwischen Feldern und Wiesen gewählt hatten.
Gut gelaunt ließ ich Pfalzdorf hinter mir und steuerte dann das kleine Louisendorf mit seiner zentral gelegenen evangelischen Kirche an.

Jetzt im nachhinein fallen mir noch zwei Dinge auf, denen ich damals auf dieser Fahrt keinerlei Bedeutung schenkte.
Erstens: Während der Fahrt von Goch nach Moyland verspürte ich leichte Kopfschmerzen, die allerdings in Moyland wieder fort waren. Und zweitens: Als ich auf der Ostkirchstraße am großen Loogenhof vorbeifuhr, bemerkte ich den schweren Mercedes des Klever Bauunternehmers Richard Tönnes, den viele auch nur ‚Rich' Tönnes nannten. Seine Initialen zierten das Nummernschild des unverwechselbaren Fahrzeugs.
Heute weiß ich, daß damals Rich Tönnes vom alten Loogenbauern einen großen Teil des Grundstücks erwerben wollte. Hier befinden sich im Boden der Hügellandschaft große, für das Bauunternehmen äußerst wichtige Sand- und Kiesvorkommen. Weiter hatte Paul ermittelt, daß an diesem Sonntag der Vertrag unterschrieben wurde, über den vier Wochen lang verhandelt worden war.
Ausschlaggebend für den Verkauf war die Tatsache, daß der einzige Sohn kein Interesse an der Landwirt-

schaft hatte und zudem die Frau des Bauern seit über einem Jahr unter solch extremen Kopfschmerzen litt, daß als einzige Heilungsmöglichkeit ein Ortswechsel in Betracht gezogen wurde. Keiner der Fachärzte konnte eine körperbedingte Ursache dieser heftigen Kopfschmerzen feststellen.
Obwohl die notarielle Beglaubigung des Grundstücksverkaufs noch vorgenommen werden sollte, bekam Rich Tönnes per Handschlag die Genehmigung, schon ab kommenden Donnerstag, 20. Mai, mit den Vorbereitungsarbeiten für das Anlegen einer Kies- und Sandbaggerei zu beginnen. Die behördlichen Genehmigungen unter Berücksichtung diverser Auflagen hatte Rich schon längst in der Tasche.
Michael, den 22jährigen Sohn des Bauern, sollte ich später auch noch kennenlernen. Allerdings unter äußerst dramatischen Bedingungen, wie Ihr später noch hören werdet.

In Moyland hielt ich mich nur kurz auf. Schließlich wollten die Sportredakteure ihre Fotos vom Wochenende haben. Also fuhr ich in meine Dunkelkammer in der Lokalredaktion.
Im Flur kam mir Paul entgegen.
„Sind ja irre Fotos vom Abriß des Cafe Linde, mein Bester. Und? Hast du meinen Bericht gelesen über den Reichswald? Gut nicht?“ sprudelte es aus Paul heraus.

„Sicher lese ich, was du schreibst“, entgegnete ich. „War einfach super. Aber sorry, ich hab’s eilig. Ich muß in die Dunkelkammer. Bis dann.“ Schon war ich an ihm vorbei.

Freitag, 21. Mai '93

Für Bodo Heger und Reiner Rolf ging es wieder an die Arbeit. Sie sollten die ersten Vorarbeiten für eine neue Kiesgrube am Tannenbusch treffen, aus der das Bauunternehmen zukünftig sein Material beschaffen wollte. Bodo Heger war seit vielen Jahren bei Tönnes als Radlader- und Baggerfahrer tätig. Reiner Rolf war erst seit zwei Jahren bei dem Unternehmen angestellt. Der dritte Mann, der ebenfalls hier mitarbeitete, war Erich Doll. Er fuhr den schweren LKW, mit dem die oberen Erdschichten zu einer anderen Baustelle transportiert und gleichzeitig Schotterboden für die benötigte Wegbefestigung herbeigeschafft wurde.

Es war genau 9.45 Uhr, als Erich Doll gerade von einer Tour kam. Er kippte den mitgebrachten Schotter in dreißig Meter Abstand zur entstehenden Grube ab. Wie schon viele Male zuvor, setzte er seinen LKW dann

rückwärts an die Einschnittstelle des Hügels, wo Bodo Heger mit seinem Radlader Schaufel für Schaufel nachrutschendes Erdreich abtrug.
Als er erneut eine Schaufel im Sockelbereich füllte und rausholte, passierte es: Auf einer Breite von fünfzehn Metern rutschte das darüberliegende Erdreich nach, was durchaus so gewollt war. Nur, durch dieses Nachrutschen wurde ein längliches Metallobjekt freigelegt, das deutlich sichtbar aus der Wand ragte.
Sofort setzte Heger den Radlader zurück und stellte den Motor ab. Zusammen mit Erich Doll, der sich instinktiv ebenfalls mit seinem Lastwagen in einen sicheren Abstand gebracht hatte, gingen sie auf dieses Objekt zu.
„Sach, wat is dat?“ fragte Erich, der das sichtbare Teil auf gut fünf Meter Länge schätzte, „Bodo sach’, wat is dat?“ wiederholte er.
Was sollte Bodo schon sagen? Er hatte doch auch keine Ahnung. Sie betrachteten ausgiebig ihren Fund.
„Ick weeß, wat dat is!“ mischte sich auf einmal Reiner Rolf, der herbeigelaufen war, in ihre Ratlosigkeit ein, „dat is ’ne Fliegerbombe. Wat ick euch sach!“
Erich und Bodo guckten Reiner, ihren Ex-Berliner, ungläubig an.
„Ährlich. Janz sicher“, bestand der Hilfsarbeiter auf seiner Vermutung. „Vor ’nem halben Jahr, Anfang Dezember, hat man hier bei Pfalzdorf och ’ne große

Fliegerbombe gefunden und entschärft. Mitten auf 'nem Acker. Habt ihr dat nich jelesen?"
Da die drei keine Ahnung hatten, ob es wirklich eine Bombe war oder nicht, beschlossen sie, den Chef anzurufen.
Rich Tönnes versprach sich drum zu kümmern und die Polizei zu informieren. Sie sollten unterdessen dreißig Meter entfernt vorsichtig weiter arbeiten.
Das taten sie auch. Aber da kam eine noch größere Überraschung: Als hier ebenfalls die Oberschicht nachrutschte, kam auch an dieser Stelle solch ein Objekt zum Vorschein.
Und das Erstaunlichste war, daß beide Teile exakt gleich groß erschienen und im gleichen Winkel von unten nach oben links aus dem Geröll ragten. Obwohl sie fest im Boden wie eingegossen wirkten, sahen sie merkwürdig blankpoliert aus, wie frisch gegossen. Bodo Heger rief abermals seinen Chef an, der sie anwies, die Arbeit solange einzustellen, bis die Polizei sich die Sache angesehen hatte.

Der Mai war schon angenehm warm. Alles grünte, daß es durchaus Spaß machen konnte, die eine oder andere

Tour entlang der Dörfer und Wiesen des Niederrheins zu fahren.
Obermeister Hermann Cramer freute sich, daß er in der nächsten Woche wieder verstärkt mit dem Motorrad, statt wie jetzt mit dem Wagen, Dienst machen konnte.
Es war nicht viel los heute vormittag, resümierte Hermann, der diese Routinefahrten manchmal alleine machte.
Er dachte an sein Haus und an den geplanten Ausbau. Was der wohl kosten würde?
Über Funk wurde er aus seinen Überlegungen gerissen.
„11 12 von Einsatzleitstelle, bitte melden", tönte es aus dem Funkgerät.
„Ja, 11 12 hört. Was gibt's?"
„Vermutlicher Bombenfund bei Baggerarbeiten an der Uedemer Straße, Ecke Pfälzer Straße, Nähe Louisendorf. Bitte überprüfen und gegebenenfalls entsprechende Maßnahmen einleiten."
„Okay, ich fahre hin", antwortete Cramer und steckte das Funkgerät zurück in die Halterung.
Langsam werde ich zum Bombenexperten, dachte Cramer und setzte seine Fahrt in die angegebene Richtung fort.

Von weitem schon sah er die drei Arbeiter diskutierend am Rande der neuen, noch recht kleinen Kiesgrube stehen.

Er fuhr holpernd über den provisorischen Weg bis hin zum Radlader und sah die blitzenden Metallteile.
Hermann Cramer war in den letzten Monaten schon bei etlichen Bombenfunden dabei. Viele dieser gefährlichen Kriegsüberbleibsel hatte er schon betrachtet – aber solche Bomben? – Nee, dieser Typ war ihm völlig neu.

Er ging zu den Objekten, um sie sich aus nächster Nähe zu betrachten.
Zwar war er kein Fachmann, aber diese Dinger sahen absolut anders aus als herkömmliche Bomben, dachte er.
Die Bauarbeiter gaben ihre Personalien an und wurden dann von dem Polizisten aufgefordert, aus Sicherheitsgründen Abstand zu halten.
Der Beamte eilte zu seinem Wagen und forderte über Funk einen weiteren Streifenwagen mit der üblichen Ausrüstung zum Absperren usw. an. Vorsichtshalber verlangte er auch einen Feuerwerker, der die merkwürdigen Metallteile einmal genauer unter die Lupe nehmen sollte. Mittlerweile war es 10.30 Uhr.

Hermann Cramer blieb und wartete auf die Kollegen, denn schon hatten einige der vorbeifahrenden Fahrzeuge die Fahrt verlangsamt oder wendeten und kamen zurück.
Der Streifenwagen weckte vermutlich ihr Interesse.

Die Menschen sind nun mal von Natur aus neugierig. Am Niederrhein genauso wie woanders.

Xanten ist allemal einen Besuch wert. Und wer dort ist, muß sich unbedingt den Archäologischen Park ansehen. Natürlich auch den Dom und die Xantener Nordsee, dachte ich.
Paul und ich befanden uns auf der Rückfahrt nach Kleve. Wir waren auf einer Besprechung in der Regionalredaktion Xanten. Die Herstellung einer Broschüre über Xanten und ihre Zeitung wurde heute besprochen und verabschiedet.
Den Text sollte Paul machen, die Fotos waren mein Part.

Die Nachricht über einen Bombenfund erreichte uns, als wir an Kalkar vorbei waren.
„Nicht schon wieder", stöhnte ich und steckte das Handy zurück in die Jackentasche.
„Wer so ein talentierter ‚Bomben-Fotograf' ist, der darf sich nicht wundern, wenn er gerufen wird", lachte Paul, während er seinen Wagen mit vor-

schriftsmäßigem Tempo durch das kleine Hasselt lenkte.
„Weißt du Paul, jetzt da hinfahren bringt doch nichts. Es ist Freitag, und da wird die Stelle höchstens von der Polizei gesichert und die Zufahrt gesperrt. Soll ich Trassenband ablichten? Der Feuerwerker kommt frühestens Montag. Ich fahre dann hin und fotografiere, wenn das Mistding entschärft worden ist. Das müßte doch auf jeden Fall reichen."
Paul nickte zustimmend: „Finde ich auch besser. Am Ende ist es nachher gar keine Bombe. Ist ja auch schon vorgekommen."
Wir hatten nur noch wenige Minuten bis zum Parkplatz, als mir ein Veranstaltungsplakat ins Auge fiel.

„Paul", stieß ich daraufhin meinen Nebenmann an, „hast du nicht Lust, mit mir morgen Abend zum Schützenhaus zu gehen."
„Ist da was los?"
„Da spielt 'ne prima Rock-Coverband."
Paul überlegte.
„Ich weiß nicht, ob Nina kann. So kurzfristig bekommt man nur schlecht einen Babysitter. Aber Bock hätte ich schon – ich ruf' dich Morgen an, ja? Wie spät willst du denn hin – oder ist es ein Fotojob?"
„Nein nein. Ich will nur so dahin. Wahrscheinlich triffst du mich gegen halb neun dort. Ich lasse mich jedenfalls überraschen, ob ihr kommt."

Paul schaute mich mit gekrauster Stirn an: „Welche Rockband spielt überhaupt?"
„Na – Ali Paletti!"

Wenn ich gewußt hätte, was jetzt, gut einen Kilometer von Louisendorf entfernt, seinen Lauf nahm, hätte ich mit den Aufnahmen logischerweise nicht bis Montag gewartet.
Ich werde euch die Vorgänge an der Kiesgrube nach Hermann Cramers Berichten schildern. Er war schließlich der Beamte, der als erster an diesem Ort eintraf.

Gegen 10.30 Uhr hatte Cramer also einen zweiten Streifenwagen angefordert. Zehn Minuten später waren die Kollegen vor Ort. Gemeinsam sperrten sie die Fundstelle im Radius von 50 Metern ab. Gaffer wurden zum zügigen Weiterfahren aufgefordert, und neugierige Anwohner gebeten, Abstand zu halten.
Der benachrichtigte Feuerwerker, der sich zufällig wegen einer Schulung in Kleve aufhielt, kam zeitgleich um 11.10 Uhr mit Bauunternehmer Rich Tönnes an.

Cramer führte den Bombenfachmann zu den Objekten. Tönnes stellte sich zu seinem Kollegen Polizeikommissar Meiser und beobachtete den Feuerwerker. „Nie und nimmer sind das Bomben, rief der Feuerwerker den Beamten zu, als er von der ersten Besichtigung zurückkam, „ich werde mal meine Meßgeräte aus dem Wagen holen. Vielleicht wissen wir dann mehr.“
Er holte aus dem Kofferraum zwei Aluminiumkoffer und ging mit diesen wieder zu einem der Objekte.
„Ich muß gestehen, daß ich bislang keinen Schimmer habe, was das sein könnte“, sagte er zu Rich Tönnes, der jetzt auch einen Blick auf diese seltsamen ‚Blindgänger‘ warf.
Der Bombenfachmann wollte vorab sichergehen, daß diese Silberteile strahlungsfrei sind und somit auch keine Gefahr für Mensch und Tier bedeuteten. Danach würde er eine Bestimmung des Materials vornehmen.

„Ach verflucht noch mal“, rief der Feuerwerker aufgeschreckt, „da haben wir die Scheiße.“ Mit einem Satz kam der Mann auf den Polizeikommissar zugelaufen und rief dabei den zwei Beamten und Rich Tönnes zu: „Sofort alles weg hier. Die Dinger strahlen. Der Geigerzähler zeigte es deutlich an. Weg hier. Schnell – weg hier.“ Er machte mit den Armen eine weitausholende Bewegung und wandte sich zum Kommissar: „Wir müssen das Gelände viel groß-

räumiger absperren. Mindestens 500 Meter im Umkreis – besser wären 1000. Wenn das überhaupt langt. Und meine Kollegen aus Duisburg müssen sofort kommen."

Meiser hatte schon das Sprechfunkgerät in der Hand, rief die Leitstelle an und forderte den Gruppendienstleiter ans Telefon. Dieser alarmierte umgehend das Staatliche Amt für Arbeitsschutz in Duisburg, das sofort ein Team losschickte. Sie sind unter anderem speziell für Erkennung, Bestimmung und die Gefahrenminimierung bei den verschiedenen Arten von Strahlenunfällen ausgebildet.

Der Gruppendienstleiter machte sich ebenfalls auf den Weg. Zu Tönnes gewandt, erklärte Kommissar Meiser, daß in der Kiesgrube erst mal nicht weiter gearbeitet werden könne.

Tönnes nickte wortlos. Er redete mit seinen Mitarbeitern, setzte sich in sein Fahrzeug und fuhr laut fluchend davon. Die drei Arbeiter räumten ihre Sachen zusammen und fuhren dann mit dem LKW ebenfalls davon. Der Radlader blieb stehen.

Die Uhr zeigte 12.25 Uhr, als der Kleinbus aus Duisburg auf das Gelände rollte. Drei Männer stiegen aus dem Wagen.

Der mittlerweile eingetroffene Gruppendienstleiter Fred Wegener begrüßte das Trio. Gemeinsam ließen sie sich vom Feuerwerker über die Situation aufklären.

Mit der notwendigen Sorgfalt zogen die drei Männer ihre Schutzkleidung an.
So gesichert begannen sie, ihr Meßgeräte zu installieren, die Strahlungsstärke zu überprüfen usw.
Die anderen standen in respekvollem Abstand und während sie auf erste Ergebnisse warteten, spekulierte man wild über diesen seltsamen Fund.
Cramer war überhaupt nicht wohl, bei dem Gedanken, daß hier irgend etwas Radioaktives im Boden – wer weiß, wie lange schon – lag.
Nach einer Viertelstunde kam einer der Männer rüber, nahm den Helm ab und sprach ganz ruhig: „Der Erst-Verdacht hat sich leider bestätigt, wenn auch die Meßwerte zum Glück jetzt nicht so hoch liegen, wie sie der Herr Kollege vor einer guten Stunde registriert hatte. Das jedenfalls sind die ersten Erkenntnisse unserer Untersuchung. Selbstverständlich brauchen wir noch mehr Zeit, um die Art der Strahlung noch genauer zu analysieren.“
Er drehte sich zu seinen Mitarbeitern um, weil diese gerade mit einem Werkzeug gegen eine der Metallwände klopften.
Dann sprach der Mann im Schutzanzug weiter: „Da wir alle nicht genau wissen, was sich da im Boden befindet und wie gefährlich diese Teile tatsächlich sind, werde ich 1. die Kreispolizeibehörde unverzüglich informieren, damit dort die weiteren Schritte veranlaßt werden können und 2. das Ordnungsamt der

zuständigen Gemeindeverwaltung um ihre Mitarbeit bitten. Vielleicht übernehmen sie diese Aufgabe, Herr Wegener", dabei blickte er den Gruppendienstleiter an.

Der Mann vom Staatlichen Amt für Arbeitsschutz und Wegener machen sich an die Arbeit.

Punkt 13.00 Uhr standen der verantwortliche Bürgermeister, der Leiter des Ordnungsamtes sowie drei Gemeindefahrzeuge auf der Uedemer Straße – gut 300 Meter entfernt, um mit der Polizei die notwendigen Maßnahmen abzustimmen – und gleich in die Tat umzusetzen. Die Lastwagen waren randvoll mit allerlei Material, welches zur Absicherung und zur Sperrung von Straßen und Wegen benötigt wird.
Der Bürgermeister und seine Mitarbeiter begrüßten die anwesenden Beamten und erklärten sich selbstverständlich für jegliche konstruktive Mitarbeit bereit.
Was sie zu hören und – trotz dieser Entfernung – zu sehen bekamen, machte ihnen schnell klar, daß man es hier mit etwas ganz Ungewöhnlichem zu tun hatte.
Man beschloß, die Angelegenheit zunächst tatsächlich wie den Fund einer gefährlichen Bombe zu behandeln. Dies bedeutete, Maßnahmen zur Sperrung sämtlicher Zufahrtsstraßen zum Fundort in einem Radius von 1000 Metern zu veranlassen. Damit begann man sofort.

Mehr Kopfzerbrechen bereitete den Verantwortlichen, wie sie die strahlenden Dinger sichern sollten: Strohballen und Schutzwälle schieden wegen ihrer Größe aus. Man entschied sich, jeweils große, schwere extrem reißfeste Abdeck-Planen über diese ‚Bomben' zu besorgen.
Das Duisburger Team arbeitete weiter an diesen unheimlichen Funden, um mehr über sie herauszubekommen.

Die Jungs der Mittagsschicht lösten die Polizeikollegen, die den halben Vormittag hier waren, endlich ab. Auch Hermann Cramer machte sich auf den Weg zur Hauptwache.
Der Dienststellenleiter war schon vor zehn Minuten gegangen. Auch der Feuerwerker verabschiedete sich und stieg kopfschüttelnd in seinen Wagen. Zeitgleich mit dem anderen Streifenwagen verließ er das Gelände.

Auch für Hermann Cramer war Feierabend.
Später erfuhr er, was nach dem Anruf des Beamten aus Duisburg an die Kreispolizeibehörde weiter passierte.

Etwa gegen 12.45 Uhr ging der Anruf bei der Kreispolizeibehörde ein. Man reagierte schnell, denn man wußte a) nicht, was da freigelegt wurde, b) wie

gefährlich es war und wie stark die Strahlung tatsächlich war – schließlich arbeiteten die Männer ja noch daran, und c) welche Gefahr für die Bevölkerung bestand.
Um 13.00 Uhr schickte man deshalb eine WE (Wichtiges Ereignis)-Meldung an die Bezirksregierung nach Düsseldorf und zugleich auch an das Innenministerium des Landes Nordrhein-Westfalen.

Nachdem das Team aus Duisburg eine Gesundheitsgefährdung durch radioaktive Strahlung bestätigt hatte und zu der deprimierenden Erkenntnis kam, daß man völlig ratlos war, was Herkunft oder Zweck dieser zwei geheimnisvollen Teile anging (Der Versuch, sie aus dem Geröll zu lösen, scheiterte kläglich. Sie bewegten sich keinen Millimeter), wurde die Sachlage dem Kreis mitgeteilt. Daraufhin schickte die Kreispolizeibehörde um 14.30 Uhr eine Nachtrags-WE-Meldung an das Landesinnenministerium.

Das Landesinnenministerium gab diese Meldungen an das Bundesinnenministerium. Dieses unterhält für die unterschiedlichsten Krisen-Anläße eine ständiges Lagezentrum, in dem analysiert, beurteilt, entschieden wird.
Hier entschied man sich gegen 19.00 Uhr, das Bundesverteidigungsministerium zu informieren. Möglicherweise waren die ‚Louisendorfer Objekte'

militärischen Ursprungs. Aus dem 2. Weltkrieg – vielleicht.
Wenn militärische Aspekte eine Rolle spielen, schaltet das Bundesverteidigungsministerium den militärischen Abschirmdienst, kurz MAD genannt, ein.

Auch der MAD prüfte und kam zu dem Schluß, daß der sicherste Weg, diesen geheimnisvollen Dingen auf die Spur zu kommen der sei, das Militär mit der Aufklärung zu betrauen, weil vielleicht militärische Geheimnisse aus dem letzten Weltkrieg zu Tage gefördert werden könnten.

Während der folgenden Tage klagte Hermann Cramer über starke Kopfschmerzen, so daß er für eine Weile krankgeschrieben wurde.

Der Oberkreisdirektor kam von einem Fest in Uedem und war gegen 22.15 Uhr auf dem Rückweg nach Kleve.
„Sind während der Feierlichkeiten wichtige Meldungen für mich eingegangen, Herr Wellmann?“ fragte er seinen Fahrer.
„Nein, Herr Dr. Schmincke. Alles war ruhig“, antwortete der Fahrer.
„Auch nichts bezüglich des Fundes in Louisendorf?“
„Nein. Nichts.“
Dr. Schmincke hatte auf dem Beifahrersitz Platz genommen und schaute durch die Frontscheibe in den dunklen Himmel, an dem drei Hubschrauber wie in Formation in niedriger Höhe über sie hinweg in Richtung Kleve flogen.
„Sag’, die kommen doch aus Goch. Was ist denn da heute los?“ murmelte er.

Er überlegte, ob er den Diensthabenden der Kreispolizeistelle anrufen sollte, als sie sich der Kreuzung Kalkarer Straße / Uedemer Straße näherten und der Fahrer zum OKD meinte: „Herr Dr. Schmincke, wir können nicht geradeaus weiter. Soll ich über Kalkar fahren?"
Dr. Schmincke sah jetzt ebenfalls, daß die Uedemer Straße in Richtung Kleve nicht nur durch eine Straßensperre blockiert war, sondern auch, daß dort ein bewaffneter Soldat Wache stand.
„Fahren sie mal an den Wachposten heran, Herr Wellmann. Ich will wissen, welche Übung heute Nacht läuft, von der ich anscheinend nicht in Kenntnis gesetzt worden bin", sagte der OKD gelassen. Dr. Schmincke war so schnell nicht aus der Ruhe zu bringen.
„Guten Abend", sprach der Fahrer die Wache durch das heruntergekurbelte Fenster an, „der Oberkreisdirektor möchte gerne wissen, welchen Name diese Übung hat, die hier stattfindet."
Der Wachposten trat an den Mercedes und antwortete kurz und knapp „OPERATION ENDMORÄNE. Und – dies ist keine Übung."
„Was heißt das: Dies ist keine Übung?" beugte sich der OKD zum Fahrerfenster hin.
Der Wachposten schien nicht beeindruckt, vom Chef des Kreises Kleve angesprochen worden zu sein und wiederholte: „Dies ist keine Übung. Wir sichern einen gefährlichen Fund. Und nun fahren sie bitte weiter.

Hier können sie auf keinen Fall durch." Er stellte sich dabei vor die schmale Öffnung neben dem hölzernen Hindernis.
„Das werden wir aufklären, Herr Gefreiter. Wer ist der verantwortliche Offizier dieser Operation?" fragte Dr. Schmincke, der trotz der Dunkelheit den Dienstgrad des Wachpostens genau gesehen hatte.
„Oberst Helge Kampen", war die unverzügliche Antwort.
„In Ordnung, ich danke ihnen. Herr Wellmann – fahren sie."
Sie nahmen den Weg über Kalkar. Der OKD meldete sein Kommen in der Kreisleitstelle an. Auch für seinen Fahrer war das Wochenende noch nicht in Sicht.

Was genau an diesem Abend passiert war, kann ich an Hand von Oberstabsfeldwebel Mückers Erzählungen rekonstruieren:

Lars Mücker war zum Zeitpunkt der Ereignisse noch Feldwebel und arbeitete in der Stabskompanie der Gocher Tannenburgkaserne, in der das Radarführungsregiment untergebracht war.
Zu diesem Regiment gehörten auch die zwei Radarstellungen in Norddeutschland und das in unmittelbarer Nachbarschaft liegende Uedem. Eine ihrer wichtigsten Aufgaben war die militärische Luftraumüberwachung im westlichen NATO-Raum.

Mücker war in einer Abteilung tätig, in der er durch seine Geheimhaltungsstufe bezüglich militärischer Dinge von den brisantesten Themen erfuhr.

Am 21. Mai 1993 machte er länger Dienst, so daß er noch in der Kaserne war, als um 18.30 Uhr der Kommandeur Oberst Helge Kampen einen Übungsalarm auslösen ließ, der für alle im Kasernengelände befindlichen Soldaten das Ende sämtlicher Wochenendpläne bedeutete.
Der Auslöser für diesen Alarm, so erfuhr Mücker später, sollte ein Anruf vom MAD gewesen sein.
Die Wochenendbereitschaften sämtlicher Kompanien hatten, wie auch alle in der Kaserne verbliebenen übrigen Soldaten gegen 18.45 Uhr auf dem Hof anzutreten.

Natürlich hatte sich auch Feldwebel Mücker zähneknirschend eingereiht, als der Kommandeur vor die Soldaten trat und sie von der OPERATION ENDMORÄNE in Kenntnis setzte.
Entgegen anfänglicher Vermutungen, hier handele es sich um einen Übungsalarm, der in zwei bis drei Stunden wieder aufgehoben sein würde, erklärte Oberst Kampen, daß eine reale militärische Objektschutzsicherung von den Soldaten erwartet wurde.
Das Operationsgebiet lag nur wenige Kilometer entfernt und er sei befugt, dieses Gebiet zum militärischen

Sperrgebiet zu erklären, mit allen dafür nötigen Maßnahmen und Mitteln.
Die genauen Aufgaben würden die Zugführer mitteilen. Abmarsch ins Operationsgebiet war um 19.45 Uhr.

Gegen 20.15 Uhr traf die Lastwagenkolonne im Operationsgebiet ein, vollgeladen mit Materialien fürs Zäuneziehen, mit Scheinwerfern, Sperrvorrichtungen für Straßen und Wege sowie Zelten für die Wachmannschaften.
Leiter des gesamten Einsatzes war Major Knut Hinrichs. Er war es auch, der dem verdutzten Leiter der Kreis Klever Alarmgruppe, eine aus Polizisten bestehende Truppe für besondere Aufgaben, die bis zu diesem Zeitpunkt die Bewachung des Geländes übernommen hatte, militärisch knapp mitteilte, daß das ganze Areal um die Fundstelle ab 20.30 Uhr als militärisches Sperrgebiet gelte. Der Leiter der Alarmgruppe setzte per Funk seinen Vorgesetzten in der Kreiseinsatzleitung darüber in Kenntnis und meldete sich ab.
Wenige Minuten später verließen sie das Gelände.

Was die Soldaten hier sichern sollten, war ihnen zu diesem Zeitpunkt ein Rätsel. Die Hügelpartie zwischen Kleve, Goch und Kalkar war den meisten von ihnen bekannt. Was konnte es hier schon Gefährliches geben?

Es wurden Wachposten an allen Zufahrtsstraßen und allen Wegen im Radius von 1000 Metern aufgestellt. Einzelne Gruppen begannen damit, Stacheldrahtzäune zu errichten. Zuerst jedoch wurden große Scheinwerfer installiert, um das Areal zu beleuchten.
Das Scheinwerferlicht erhellte eine gespenstische Szenerie: Ein verwaister Radlader vor einer Geröllwand. Zwei große Planen hingen vor dieser Wand, als wollte ein Künstler sein begonnenes Werk noch nicht herzeigen.
Auf Befehl des Majors entfernten vier Soldaten die Planen. Was sie da im Scheinwerferlicht sahen, erzeugte ein Raunen unter den Soldaten.
Auch Mücker starrte fassungslos auf die zwei, durch die Anstrahlung hell reflektierenden Objekte. Die über ihnen kreisenden Helikopter geben dem Ganzen jetzt eine richtige Sience Fiction Atmosphäre, dachte er.

Zu diesem Zeitpunkt wußte Mücker noch nicht, wie Recht er damit noch haben sollte.

Ich wollten gerade los, um noch ein Bier trinken zu gehen, als ich durch das Telefon zurückgepfiffen wurde.

Paul klang aufgeregt.
„Was ist denn los? Ich habe nichts verstanden. Sprich langsam, Paul!“ sagte ich, während ich etwas zu schreiben suchte.
„Chris, erinnerst du dich an die Rücktour von Xanten gestern Vormittag? Da bekamen wir doch einen Hinweis über einen Bombenfund bei Louisendorf oder Pfalzdorf – ist doch auch egal – jedenfalls scheint da jetzt 'ne ganz große Nummer zu laufen.“
„Was für eine Nummer – ich versteh'nicht?“
„Weiß ich auch noch nicht genau“, fuhr Paul fort. In der Redaktion bekamen wir einen Hinweis, daß dort jetzt das Militär das Sagen hat. Die haben da ein richtiges Sperrgebiet errichtet, da kam noch nicht mal der OKD durch“, Paul holte nochmal Luft, „komm' mit. Wir müssen da jetzt unbedingt hin. Vielleicht kommen wir ja irgendwie rein. Wir treffen uns in Louisendorf an der Kirche. Bis gleich. Beeil dich!“
Ohne, daß ich noch etwas sagen oder gar notieren konnte, hatte Paul aufgelegt.
Na dann los, dachte ich, zog mir eine Jacke über, stürmte aus dem Haus, lief ein paar Schritte die Brabanter Straße hinunter bis zu meinem silbernen Mazda und brauste los.

Paul war schnell gefunden. Zu Fuß liefen wir die Pfalzdorfer Straße entlang Richtung Uedemer Straße.

Schon von weitem sah man viele Scheinwerfer, die das Gelände mäßig erhellten.
„Mensch, schau mal“, flüsterte ich, „die sind dabei, sogar Stacheldraht zu ziehen. Das ist ein Ding.“
Wir gingen langsam am Straßenrand entlang. Vor uns in ca. 300 Metern Entfernung erkannten wir eine Durchfahrtssperre, die über die ganze Straßenbreite reichte. Als plötzlich ein Wachposten an der Sperre auftauchte, sprangen wir instinktiv zur Seite und gingen in die Hocke. Sicher hatte der Posten uns schon entdeckt. Mit dem Lichtschein im Rücken erkannten wir deutlich Helm und ein Gewehr auf seinem Rücken.
„Die haben schon hier vorne eine Absperrung aufgestellt. Scheiße, da kommen wir niemals durch“, schimpfte Paul, „und links und rechts diese Stacheldrahtrollen und -zäune. Verflucht, und was machen wir jetzt?“
„Hast du ein Fernglas im Auto?“ fragte ich.
„Klar. Ich hol’s schnell“, sagte Paul leise.
„Okay, ich mach’ inzwischen ein paar Fotos von dieser Festung. Mal sehen, was bei diesen Lichtverhältnissen möglich ist.“
Drei Minuten später war Paul wieder da und meinte:
„Da hinten an der Kirche stehen einige Leute und reden miteinander. Die können wir noch befragen.“
„Ja, aber gleich erst“, erwiderte ich, „schau mal, ob du durch das Fernglas etwas erkennen kannst!“

Paul setzte das Fernglas an die Augen und schwenkte langsam über die vor uns liegende Szenerie.
Ich konnte so schon erkennen, daß jede Menge Soldaten fieberhaft daran arbeiteten, einen Zaun fertigzustellen. Andere mühten sich mit großen Zelten herum.
Am Straßenrand standen die Militärfahrzeuge aufgereiht. Wenn auch große Betriebsamkeit zu erkennen war, wirkte alles durchaus organisiert und ohne Hektik, dachte ich.
„Schnell, duck dich, Hubschrauber", rief ich zu Paul rüber. Und schon dröhnte ein Helikopter keine hundert Meter über unsere Köpfe hinweg.
„Ob der uns gesehen hat?" fragte Paul.
„Wie denn", beruhigte ich ihn, „ohne Suchscheinwerfer.
Aber soll ich dir einmal sagen, an was mich das gerade erinnert hat. Du wirst lachen: An Spielbergs *Unheimliche Begegnung der Dritten Art*. Wie die drei Darsteller zum Felsen gelaufen sind und die Helikopter mit dem Schlafgas hinterher. Wow!"
„Du kannst einem ja richtig Angst machen, Mensch. Meinst du, die haben auch so etwas hier?" fragte Paul.
„Hör mal – du Chefreporter – brems' mal deine Phantasie! Bei Spielberg ging es um Ufos – wir haben hier wahrscheinlich einen Bombenfund mit 'ner gleichzeitigen Bundeswehrübung. Mehr nicht", flüsterte ich.

Damit hatte ich ihn etwas beruhigt, als er auf einmal leise durch die Zähne pfiff, während er das Fernglas nicht von den Augen nahm: „Das mußt du dir ansehen Chris“, dabei reichte er mir das Glas, ohne seinen Blick abzuwenden, „kannst du mir vielleicht sagen, was da aus der Erde kommt?“
Ich betrachtete aufmerksam die Geröllwand. Das Licht der Scheinwerfer reflektierte etwas. Aber genaugenommen sah man dort zwei Reflektionen in ca. zehn Meter Abstand voneinander entfernt.
„Mein lieber Mann, wenn das mal nicht etwas anderes ist als 'ne Bombe“, meinte ich und gab Paul das Fernglas zurück.
„Paß auf, Chris“, sagte er dann, „ich gehe jetzt hinüber zum Wachposten und versuche ihn etwas auszuhorchen. Ganz simpel und ganz direkt.“
Ich schaute ihn an: „Okay, versuch' dein Glück. Ich kann mit meiner Ausrüstung hier nichts machen. Wäre ich dichter dran an den Scheinwerfern, könnte 'ne Aufnahme klappen – aber so ist es einfach zu dunkel.“
Ich hängte die Kamera wieder über meine Schulter.

„Halt! Stehenbleiben!“ hörte ich eine schroffe Stimme rufen, „kehren sie um. Hier können sie nicht durch.“
Paul versuchte völlig harmlos und freundlich auszusehen. „Nein, okay. Ich will ja gar nicht durch, ich möchte mich nur mit ihnen unterhalten.

Er blieb zehn Meter vor dem Posten stehen, griff in die Jackentasche und holte seinen Presseausweis hervor.
„Bitte, hier mein Ausweis“, dabei versuchte er einige Schritte näher zu treten.
Der Soldat hatte trotz der Warnleuchten an den Absperrungen nicht genug Licht. Mit seiner starken Taschenlampe leuchtete er Paul an. Dann fiel der Lichtkegel auf den Ausweis, den Paul dem Soldaten entgegenhielt.
„Von der Rheinischen Post. Aha. Wie ist ihr Name?“
Scheinbar war Pauls Name auf diese Entfernung nicht zu entziffern.
„Paul Brakel ist mein Name. Darf ich ihnen jetzt einige Fragen stellen?“
„Dürfen sie nicht, Herr Brakel“, brummte der Wachsoldat, „und sie dürfen jetzt hier verschwinden“.
Dabei machte er eine abfällige Bewegung. Er nahm ein Notizbüchlein aus seiner Parkatasche und machte eine Eintragung.
„Wer leitet diese Aktion? Kann ich ihren Vorgesetzten sprechen?“ bohrte Paul weiter.
„Major Hinrichs. Ich habe aber Order, ihn nicht zu stören. Auf Wiedersehen“, war die knappe Antwort.

„Scheiße gelaufen“, schimpfte Paul, „laß’ uns fahren.“

„Morgen früh, sobald es hell wird, bin ich hier und mache Aufnahmen – in Farbe. Bevor die da alles abdecken. Und nun fahr' ich in die Kneipe", rief ich Paul zu, als wir in die Autos stiegen.
Von den neugierigen Leuten war auch nichts mehr zu sehen.
„Wirklich blöd gelaufen", wiederholte Paul.

Mit lautem Rotorengeräusch dröhnte ein weiterer Helikopter über uns hinweg.

Samstag, 22. Mai '93

Hermann Cramer berichtete mir, wie er von der militärischen Operation erfuhr.

Es war genau 05.45 Uhr, als der Radiowecker Hermann Cramer mit Countrymusik aus dem Schlaf riß. Er drehte sich auf den Rücken und stöhnte: „Vedammte Kopfschmerzen. Wo habe ich die denn jetzt her?"
Mit seiner Frau hatte er gestern Abend ein Glas Wein getrunken, während sie sich über diverse Umbau-

maßnahmen unterhalten hatten. Davon bekommt man kein Kopfweh.
Er setzte sich auf die Bettkante, reckte sich und stand schließlich auf. Langsam ging er zum Fenster und zog die Rolladen ein Stück hoch, um sich den dämmernden Morgenhimmel anzuschauen.
Im Radio wechselten sich um diese Zeit Nachrichtenbeiträge und Musiktitel ab.
Hermann brauchte zum Aufstehen diese Untermalung. Seine Frau Susanne nicht. Sie schlief trotz Radio weiter. Vor 07.00 Uhr stand sie nie auf.
Auch heute hatte Hermann Dienst.
Von einem Glas Wein bekommt man unmöglich solche Kopfschmerzen. Ich werde erstmal ausgiebig duschen, danach geht's mir bestimmt besser, dachte er und schlich ins angrenzende Badezimmer. Er ließ die Tür wegen des Radios einen Spalt auf.
Die Dusche brachte keine Linderung.
Hermann stützte sich auf den Rand des Waschbeckens und sah im Spiegel sein verschlafenes Gesicht. Er hatte den Rasierer schon in der Hand, als er innehielt und sich zur Badezimmertür umdrehte.
Gerade kamen die 6-Uhr Nachrichten des Lokalsenders.
Der Moderator las mit bester Gute-Laune-Stimme eine Meldung vor, in dem es um einen Bombenfund bei Louisendorf ging.

Hermann wickelte sein Badetuch um die Hüfte und ging ins Schlafzimmer, um die Nachrichten besser hören zu können.
Der Moderator berichtete, daß an der Uedemer Straße in Höhe Louisendorf zwei große 20-Zentner-Fliegerbomben des Zweiten Weltkrieges gefunden worden sind. Wegen der großen Gefahr, die von diesen Bomben ausgehe, sei eine Einheit der Bundeswehr beauftragt worden, das Gebiet großflächig zu sichern und die Bewohner zu evakuieren, bis die Objekte entschärft seien.
„So'n Quatsch", schüttelte Hermann den Kopf und rüttelte seine Frau wach, „wach auf und hör dir das an, Schatz. Die reden völligen Blödsinn im Radio."
„Was ist denn los?" fragte sie verschlafen.
„Ich hab' die Objekte doch gesehen, Susanne. Das waren niemals Fliegerbomben", ereiferte sich Hermann.
„Wieso Fliegerbomben?" fragte sie, „ich versteh' kein Wort. Laß mich noch etwas schlafen. Es ist doch Samstag." Susanne ließ sich mit einem Gähnen wieder ins Kissen fallen.
Hermann zog sich rasch an.
Die Kopfschmerzen hatten zwar nicht nachgelassen, aber ins Bett wollte er auch nicht.
Ich kann mit dem Kopf keinen Dienst tun, dachte er und beschloß, sich krankzumelden.

Da stimmt doch etwas nicht, dachte Hermann, als er in die Küche ging, um sich einen starken Kaffee zu kochen. Fliegerbombe! Würde gerne wissen, warum die uns verscheißern.

Wer an einem Samstag morgen früh um sieben Uhr schon aktiv ist, hat meiner Ansicht nach entweder eine Schwäche für den Angelsport oder muß arbeiten. Ich tat das Letztere.

Mit einem Teleobjektiv und Farbfilmen im Gepäck fuhr ich nach Louisendorf und stellte meinen Wagen wieder in der Nähe der Kirche ab. Im Ort schien alles noch sehr ruhig. Von einigen Höfen klang ländliche Betriebsamkeit herüber.

Ich ging die gleiche Strecke wie letzte Nacht mit Paul und blickte dann – die Deckung der Bäume ausnutzend – zur Absperrung. Die Wache saß gelangweilt auf der Holzkonstruktion und rauchte genüßlich eine Zigarette.

Gottseidank waren die zwei in der Nacht so blinkenden Teile nicht abgedeckt worden, dachte ich, als ich das

abgesperrte Gelände sondierte. Auch schien mir, daß jetzt wesentlich weniger Militär präsent war, als vergangene Nacht.
Doch aus dieser Position hatte ich keine besonders gute Möglichkeit, um einwandfreie Aufnahmen zu machen.
Ich sah mich um.
Genau, dachte ich, vom Friedhof aus müßte es besser funktionieren. Die Deckung wäre dort auch besser.
So eilte ich am Louisenplatz vorbei, bog links in die Hauptstraße ein. Nach 50 Metern erreichte ich den Friedhof und prüfte die Sicht zum Sperrgebiet.
Von hier aus hatte ich den richtigen Blickwinkel. Ich ging über den Friedhof bis zur hinteren Begrenzung, wo hohes Strauchwerk genügend Deckung nach allen Seiten bot.
Diese Position war perfekt. Das Teleobjektiv schraubte ich auf die Kamera und gerade wollte ich die erste Aufnahme machen, als eine Stimme hinter mir sagte: „Wollen sie Vögel knipsen oder haben sie es auf die Krachmacher da hinten abgesehen?“
Ich drehte mich um und sah einen ca. 70jährigen Mann, der das typische Friedhofswerkzeug in Händen hielt: Gießkanne und kleine Kratzharke.
„Nee, Vögel interessieren mich nicht. Jedenfalls nicht heute morgen“, sagte ich zu dem Alten. Er schaute mich an und meinte: „Dann wollen sie sicher wissen, was da drüben los ist, nicht?“

„Genau“, sagte ich und wandte mich wieder dem Zielgebiet zu.
„Von meinem Dachfenster hätten sie aber eine bessere Sicht“, ließ der Mann nicht locker, „wenn sie wollen können sie von da aus fotografieren.“
„Wo wohnen sie denn?“ wollte ich wissen.
„Direkt da vorne auf der anderen Straßenseite. Wenn sie wollen, können sie mitgehen.“
Ich war mehr als einverstanden. Daß es hier am Niederrhein für viele üblich ist, in aller Herrgottsfrühe zum Friedhof zu gehen und die Gräber der verstorbenen Angehörigen zu pflegen, das wußte ich. Aber nie war ich so begeistert von dieser Marotte wie gerade jetzt.
Ich schnappte mir meine Ausrüstung und wartete. Nach wenigen Minuten war auch der Alte mit seiner Arbeit fertig. Dann gingen wir.

Vom Dachfenster gab es tatsächlich eine perfekte Aussicht auf die kleine Kiesgrube mit den ‚Bomben‘. Ich schoß eine ganze Fotoserie. Gerade noch rechtzeitig.
Noch während ich meine Sachen zusammenpackte, war mit bloßem Auge zu erkennen, daß große Planen über die merkwürdigen Teile im Geröll gezogen wurden. Auch schien wieder etwas Bewegung in das Sperrgebiet zu kommen. Egal. Ich hatte meine Aufnahmen.

Als ich die Treppe hinunterstieg, empfing mich der freundliche alte Herr mit einer Tasse Kaffee.
„Im Radio sagen sie, da lägen zwei riesige Bomben im Boden“, meinte er, „aber ich glaub das nicht.“
„Und wieso nicht?“ fragte ich neugierig.
„Weil mein Großvater sagte, daß unser Grund und Boden hier am Niederrhein eines Tages ein Geheimnis offenbaren wird.“
„Sie glauben sowas?“
„So wahr ich Vesterhof heiße!“

Zum damaligen Zeitpunkt wußte ich noch nicht, wer dieser Vesterhof wirklich war.

Ich hatte mir gerade zwei belegte Brötchen geholt, als mein Handy piepste: „Morgen, mein Junge. Hier ist Paul. Wie ich höre, bist du schon unterwegs?“
„Morgen Paul. Ja, ich bin in Louisendorf gewesen, um die Aufnahmen zu machen. Du weißt schon welche.“
„Prima. Ich habe das Gefühl, mit den Fotos werden wir ein wenig Unruhe stiften können. Wo bist du jetzt eigentlich?“ fragte Paul.

„In Kalkar am Markt.“
„Das ist gut“, fiel er mir ins Wort, „W.A. Smeets, du weißt, unser dynamischer neuer Chefredakteur, rief mich an. Er hat gestern Abend erfahren, daß sich heute einige Wissenschaftler in Kalkar einquartieren wollen. Nur wo? Vielleicht bei Siekmann oder im Landhaus Beckmann? Kannst du dich da schon mal umhören?“
„Ja okay. Kommst du auch noch nach Kalkar?“
„Natürlich“, sagte Paul, „wir haben jetzt 8.45 Uhr – so gegen 10.00 Uhr bin ich da. Treffen wir uns doch dort, wo die Wissenschaftler abgestiegen sind. Rufst du mich an?“
„Alles klar – und tschüß.“ Jetzt genoß ich erst einmal mein wohlverdientes Frühstück.

Daß in einer attraktiven niederrheinischen Kleinstadt wie Kalkar am Wochenende dutzende Fahrzeuge mit fremden Nummernschilder anzutreffen sind, ist nichts Ungewöhnliches.
Also mußte ich mich durchzufragen, wo gestern abend bzw. heute morgen neue Gäste Zimmer gebucht hatten. Dies versuchte ich telefonisch. Da ich mich als Pressemann der Rheinischen Post vorstellte, der über die Unterbringungswünsche, Ansprüche etc. der Gäste im Kreis Kleve schreiben wollte, hielten die meisten Hoteliers mit Auskünften über aktuelle Buchungen nicht hinterm Berg.

Bei Beckmann's, so konnte ich erfahren, waren mögliche Kandidaten abgestiegen. Also fuhr ich hin. Von unterwegs informierte ich Paul.

Auf dem Parkplatz des Hotels standen einige Autos. Unter ihnen fiel mir ein Rover auf mit Mainzer Kennzeichen. Auf der Beifahrerseite stand ein Mann und hantierte mit irgendetwas. Der Mann war ungefähr 60 Jahre alt und hatte eine Halbglatze. Die grauen Haare am Hinterkopf trug er länger. Gekleidet war der Mann mit einem offenen hellen Trenchcoat, darunter trug er dunkelbraune Cordhosen, wie ich erkennen konnte. Als er sich umdrehte, fiel mir seine dunkelrote Fliege auf, die er zu einem grauen Hemd trug.
Für mich sah der Mann wie ein typischer Professor, wie ein Wissenschaftler aus. Den sprichst du an, dachte ich, verließ meinen Wagen und folgte ihm ins Hotel.
Dem Empfang zeigte ich meinen Presseausweis. Dabei beobachtete ich, wie sich der Mann mit dem Trenchcoat in den Aufenthaltsraum setzte. Die Gelegenheit schien günstig.
„Hallo, guten Morgen. Mein Name ist Chris van Heuvel", stellte ich mich vor, „ich arbeite für die Lokalredaktion der Rheinischen Post. Dürfte ich ihnen vielleicht ein paar Fragen stellen?"
„Kommt ganz darauf an ...", meinte der Fremde, als er zu mir aufschaute, „... was sie fragen wollen. Gestatten: Professor Lukas Tamm. Nehmen sie Platz."

Ich dankte und setzte mich. „Herr Professor, in einer Serie unseres Blattes beschreiben wir, welcher Typ Mensch hier am Niederrhein Urlaub macht. Dazu besuchen wir ausgesuchte Hotels und Gaststätten, der Region, wie heute dieses Hotel“, flunkerte ich ein wenig, denn schließlich konnte ich nicht mit der Tür ins Haus fallen und ihn geradeheraus fragen, ob er wegen der Sache in Louisendorf hier wäre, „und ich gestehe, daß sie mir aufgefallen sind, weil sie für mich nicht gerade wie ein typischer Wochenendausflügler aussehen.“
Der Professor mußte lachen, während er sich eine Zigarette anzündete: „Ich nehme dies als Kompliment. Aber sie haben schon Recht. Ich bin in der Tat auch kein Wochenendausflügler, sondern Geologe, der hier eine Untersuchung durchführen soll.“
„Sie werden hier doch nicht etwa nach Öl bohren?“ fragte ich scherzend.
„Nein, nein. Aber so abwegig ist das gar nicht. In den 50er Jahren wurde hier tatsächlich nach Öl gebohrt, junger Mann, aber ich bin hier wegen der Endmoräne. Sie wissen doch, was eine Endmoräne ist?“
„Eine Endmoräne? Hm, eigentlich nicht so genau“, entgegnete ich.
„Würden sie darüber schreiben, wenn ich ihnen etwas über den Niederrhein und seine Endmoräne erzähle?“
„Na sicher. So etwas würde die Leser bestimmt interessieren.“ Ich hatte das Gefühl, daß ich diese Endmoränen-Infos gebrauchen konnte.

„Ich habe einige Minuten Zeit, bis ich abgeholt werde“, sagte der Professor, „ich werde es ihnen erklären.“
Er nahm aus dem Stapel seiner Unterlagen ein weißes Blatt Papier, zeichnete einen Querschnitt einer Hügellandschaft und begann zu erzählen: „Die ganze Gegend hier war vor 200 000 Jahren noch völlig eben. Die Endmoräne, die wir hier als Hügelkette erkennen, ist das Resultat einer Eiszeit, die vor vielen zigtausenden von Jahren auch hier zum Niederrhein kam. Mehrere 100 Meter hohe Gletscher schoben sich von Skandinavien in Richtung Süden. Daß diese mächtigen Eispanzer aus Skandinavien kamen, belegen die Funde vieler nordischer Findlingsblöcke. Ich erkläre ihnen das sehr vereinfacht natürlich, sie verstehen.“
Ich nickte.
Der Professor, zog zwei Linien aufs Papier und erklärte: „Die meisten Gletscher reichten nur bis Norddeutschland. Einer von ihnen reichte allerdings bis Nimwegen, Kleve, Moyland, Kalkar und schließlich bis nach Krefeld. Beim Hauptvorstoß erreichten die Gletscher das Gebiet der heute nordöstlichen Grenze von Louisendorf bei Goch. Die Gletscher schoben während ihres südlichen Vordringens riesige Sandablagerungen vor sich her und preßten sie zu Wällen zusammen. Diese so entstandenen Höhenzüge von Nimwegen in Holland bis Krefeld ist ihre vertraute Hügellandschaft in der wir uns befinden. Deshalb ver-

mutete man auch Anfang der 50er Jahre Ölvorkommen in diesen gepreßten Wällen."
„Herr Professor, eine Frage: Wenn riesige tonnenschwere Findlinge vom Eis hergeschoben werden konnten, ist es dann denkbar, daß auch andere extrem schwere Objekte im Geröll mit hergebracht worden sind?" fragte ich und war sehr gespannt auf seine Antwort. Dabei dachte ich natürlich an die großen Metallteile im Boden von Louisendorf.
„Im Grunde ja. Die Gletscher haben eine riesige Kraft. Nur müßten ..." Der Professor wurde im Satz jäh unterbrochen: „Im Grunde natürlich nicht. Nicht wahr, Herr Professor?" Ein Major in Luftwaffenuniform stand vor uns, „außerdem müssen wir jetzt fahren."
„Aber natürlich, Herr Major Hinrichs", erwiderte der Professor. Dann schaute er mich nochmals an und fragte, „aber was sollte schon im Boden mitgeführt worden sein, außer Geröll? Auf Wiedersehen Herr van Heuvel. Hat mich gefreut. Vielleicht können wir unsere Unterhaltung mal fortsetzen bezüglich ihrer Wochenend-Serie?"
„Ah, Herr van Heuvel", wiederholte der Major und musterte mich von oben bis unten, „eine Wochenend-Serie, soso!"
Der Professor packte seine Unterlagen zusammen und gemeinsam verließen sie den Raum.
Dabei stießen sie beinahe mit Paul zusammen, der gerade hereingestürmt kam. „Hast du mit den beiden etwa gesprochen?"

„Nur mit dem, mit der roten Fliege. Ein Geologe aus Mainz“, antwortete ich.
„Aus Mainz? Und, hab ich was verpaßt?“
„Ich sah ihn lange an: „Das kannste wohl sagen. Übrigens: Weißt du, was eine Endmoräne ist?“

Seit 20 Minuten kontrollierten Bundeswehrsoldaten im gesamten Sperrgebiet, ob alle betroffenen Anwohner ihre Höfe und Häuser verlassen hatten.
Die Einsatzleitung der OPERATION ENDMORÄNE gab um Punkt 12.00 Uhr wegen der großen Gefahr, die von den ‚Bomben‘ ausging, die totale Evakuierung des Gefahrenbereichs bekannt.
Auch Bauer Hans Loogen und seine Frau Maria packten die wichtigsten Dokumente in einen kleinen Koffer. Für Kleidung und anderes hatten sie zwei große Taschen dabei.
Sie konnten für die Zeit der Evakuierung bei Marias Bruder Anton Puff in Kessel wohnen. Lange würden sie ja hoffentlich nicht bleiben müssen, dachten sie.
„Alles fertig zur Abreise?“ fragte ein junger Gefreiter. Er begleitete die Loogens zur Garage. „Ist jetzt niemand mehr im Haus?“ fragte er:

Bauer Loogen schüttelte den Kopf. „Niemand mehr im Haus.“
„Alles klar. Dann los – auf geht’s“, war die lapidare Aufforderung des Gefreiten.
„Passen sie auch gut auf unser Haus auf? Daß da niemand etwas stiehlt? Man kann doch nie wissen, nicht Herr Soldat?“
„Ja ja“, kam gelangweilt die Antwort, „wir passen schon auf.“
Hans Loogen schaute seine Frau an: „Geht’s mit den Kopfschmerzen? Hast du die Medikamente?“
Sie nickte kurz und flüsterte: „ Hoffentlich kommt der Michael nicht jetzt schon zurück aus Duisburg.“
Ihr Mann beruhigte sie: „Der Junge ist Donnerstag gefahren und wollte doch ’ne ganze Woche dort bleiben. Wenn der wiederkommt, sind wir auch schon wieder hier.“ Er setzte seinen Wagen in Gang.
Der Gefreite begleitete in einem Militärfahrzeug die Loogens, bis sie das große Tor in der Stacheldrahtumzäunung passiert hatten.

Niemand sah, wie sich hinter dem Bauernhaus der Loogens, im umgebauten Teil des alten Schuppens, eine Metalltür öffnete.
Vorsichtig spähte ein junges Gesicht durch den Spalt: Michael Loogen war seit gestern Abend gegen 22.00 Uhr wieder aus Duisburg zurück. Sein Freund hatte ihn wegen des Manövers und der Straßensperren im

Mühlenweg abgesetzt. Weil seine Eltern immer früh ins Bett gingen, wollte er sie nicht aufwecken und übernachtete in seinem Computerraum – wie sonst auch, wenn er spät heimkam.

Oberst Helge Kampen, Kommandeur des Radarführungsregiments in Goch, eröffnete die Pressekonferenz zeitgleich mit dem Beginn der Evakuierung im Sperrgebiet.
Smeets, der mittlerweile voll informiert war über den Bombenfund, schickte Paul und mich dorthin, um das erste offizielle Statement zu den Ereignissen in der Kiesgrube zu erhalten.
„Wetten, Paul! Dieser Zeitpunkt wurde doch nur gewählt, um uns von der ‚Zwangsräumung' fernzuhalten, die jetzt angelaufen ist."
Paul sah mich an und zuckte mit den Schultern, was soviel bedeutete wie: Kein Kommentar.
„Meine Damen und Herren von der Presse und vom Lokalradio. Zu dieser Pressekonferenz möchte ich sie herzlichst begrüßen. Ich freue mich und danke ihnen, daß sie gekommen sind." Er machte eine Pause und schaute in die Runde.

„Ihnen ist selbstverständlich nicht entgangen, meine Damen und Herren“, fuhr er fort, „daß hier nahe der Uedemer Straße, Ecke Pfälzer Straße zwei Bomben von besonderem Kaliber gefunden wurden – je 20 Zentner schwer. Hinzu kommt, daß diese Bomben eine geringe Strahlendosis abgeben. Dieser gefährliche Fund war für uns der Anlaß, hier eine militärische Aktion ablaufen zu lassen: Sperren, evakuieren, sichern und entschärfen. Möglich, daß ihnen der ganze militärische Aufwand sehr übertrieben vorkommt. Aber die Bomben, meine Damen und Herren, stellen eine enorme Gefahr da. Versuche, sie aus dem festen Erdreich zu bergen sind gescheitert. Daraufhin haben wir die umliegende Bevölkerung evakuiert. Wenn der Zündmechanismus identifiziert ist, wird ein Spezialistenteam umgehend mit der Entschärfung beginnen. Möglicherweise können die Bewohner dann Montag schon wieder in ihre Häuser zurück.“
„Wieso Zünder identifizieren?“ warf der Vertreter des ‚Express‘ ein, „ ist dies denn nicht eine der üblichen Blindgänger – nur schwerer?“
„Leider nicht.“ Der Oberst nickte einem Gefreiten zu, der daraufhin eine Grafik an die Schautafel heftete. Der Oberst fuhr fort: „Hier sehen sie eine Zeichnung der zwei Bomben. Und die Zünder der Bomben sind noch nicht freigelegt – wir vermuten sie etwa dort“, dabei zeigte er auf zwei Punkte in der Zeichnung.

Ich stieß Paul an. Dieser machte sich gerade einige Notizen.
„Hey, das sind nicht die Bomben. Paul, schau doch mal hin.“ Paul schaute hoch.
„Ja gut, die Bomben. Laß’ mich eben zuende schreiben.“
Ich stieß ihn noch heftiger in die Seite und rief halblaut: „Mensch Paul, nun guck doch endlich, verdammt noch mal – das sind gar nicht die richtigen Bomben aus Louisendorf!“
Die letzten Worte waren vielleicht doch ein wenig zu laut geraten, sämtliche Kollegen und Kolleginnen drehten sich zu uns um. Einige Augenblicke war es still im Raum. Auch ein Major, der soeben mit zwei weiteren Männern in Zivil hereinkam, hörte meine Bemerkung.
„Aha, der Herr van Heuvel. Weiß er wieder mehr als andere“, witzelte der Hereingekommene. Es war Major Hinrichs. Er ging zu der Tischreihe, von der aus der Oberst die Konferenz abhielt und flüsterte dem Kommandeur etwas ins Ohr.
„Aber sicher, Leute“, ich stand auf und erklärte meinen Kollegen: „Laßt euch doch nichts vormachen. Ich habe die echten Bomben gesehen und fotografiert. Und die dort auf dem Papier sind’s garantiert nicht.“ Paul hatte sichtlich Spaß an meinem Auftritt. Das Raunen im Saal wurde von Oberst Kampen ignoriert. Er versicherte, daß selbstverständlich die gefundenen Bomben hier

abgebildet seien. Wenn auch, wie er einräumte, in einer ganz vereinfachten Form. Gekonnt stellte er an dieser Stelle den Mann vor, der zusammen mit dem Major den Raum betreten hatte. Diesen Mann kannte ich: Es war Professor Tamm, der Geologe aus Mainz. Nun war mir klar, weshalb Tamm hier am Niederrhein war. Es ging um die Erdformation, in der die Fundstücke eingebettet waren.
„Ist das nicht der vom Hotel Beckmann?“ fragte Paul.
„Ganz genau“, antwortete ich, „und der ist mit Sicherheit nicht in Kalkar oder Goch, um Urlaub zu machen. Der ist dazu da, die Dinger aus dem Boden zu bekommen.“
Der Oberst ließ den Professor einiges zum Thema Endmoräne und deren Eigenschaften vortragen. Dann beantworteten er und Major Hinrichs noch die Fragen der Journalisten – zumeist sehr vage und ausweichend. Genau wie ich es erwartet hatte. Auf Pauls gezielte Fragen hatte man überhaupt nicht reagiert. Kurz vor Beendigung der Pressekonferenz lud der Oberst noch alle Anwesenden zu einem kleinen Buffet ein. Pressemappen mit einer Kopie des gezeichneten Bombentyps und deren Lage im Geröll wurden verteilt.

Wir waren stinkesauer. Als viele sich zum Buffet begaben, eilte ich zum Major: „Wenn sie meinen, uns für blöd verkaufen zu können, haben sie sich geirrt. Wir bekommen schon noch heraus, was da gespielt wird.

Ich besitze nämlich Fotos von ihren Bomben, Herr Major Hinrichs." Ohne eine Antwort abzuwarten, drehte ich mich um und ging. Paul folgte mir auf dem Fuß. Major Hinrichs hörten wir hinter uns herrufen: „Ich gebe ihnen einen guten Rat, van Heuvel: Lehnen sie sich nicht zu weit aus dem Fenster, kaufen sie sich lieber eine Brille!"

„Hast du gehört", wandte ich mich zu Paul, „war das jetzt 'ne Drohung oder nicht? Da stinkt was zum Himmel bei der Sache. Und ich werde es rauskriegen."

„Mensch Chris, mach' dir keinen Ärger", Paul versuchte mich zu beruhigen, „warte doch erst einmal ab, was weiter passiert. Okay?"

„Ich sag' dir eines, die haben dort irgend etwas gefunden, wovon wir nichts wissen dürfen. Schau dir den Film *‚Unheimliche Begegnung der Dritten Art'* von Spielberg an, dann weißt du, was ich meine."

Paul war mir bis zu meinem Auto gefolgt.

„Ich werde irgend etwas unternehmen. Und ich hoffe, du bist dabei!" Ich stieg in mein Auto, Paul nickte mir zu: „Ja, klar bin ich dabei. – Nur wobei?"

Ich hatte mir fest vorgenommen, nach dieser Pressefarce und der arroganten Art des Majors Beweise für meine Vermutung zu beschaffen. Ich wollte in die Kiesgrube und dafür mußte ich erst einmal die Umzäunung des Sperrgebietes überwinden. Ich entschied mich, über die Ostkirchstraße an den Zaun zu gelangen. Der Weg vom Zaun bis zur Fundstelle war zwar knapp 1,5 Kilometer lang, bot aber jede Menge Deckungsmöglichkeiten. Für diesen Abend hätte ich mir einen wolkenverhangenen Himmel gewünscht. Pech gehabt – aber wenigstens war kein Vollmond.
Samstag abend um 23.00 Uhr war hier schon absolute Stille. In einiger Entfernung sah ich den Zaun. Über den 2,5 Meter hohen Maschendraht waren noch Stacheldrähte gespannt. Alle 300 Meter boten zusätzlich installierte Scheinwerfer eine mäßige Erhellung. Alles war viel dunkler, als ich gedacht hatte. Ich bog nach rechts ab – querfeldein Richtung Hetzerhof.

Nach wenigen Minuten war der Zaun erreicht. Ich wählte für meinen Einstiegsbereich einen Abschnitt rund 200 Meter vom Hetzerhof entfernt. Dort bot niedriges Buschwerk mir ausreichend Sichtschutz. Ich setzte mich hinter die Sträucher und begann zu warten. Die Kollegin vom ‚Magazin' verschaffte mir die wichtigste Info für dieses Unternehmen. Ich hatte sie während der Pressekonferenz gebeten – da ich ja keine Antworten mehr bekam – nach der Bewachung zu fragen, damit ihre Leser sicher sein konnten, daß niemand an die Bomben gelangte, um Blödsinn zu machen. Die Wachen seien jede Stunde auf Rundgang. Also wartete ich am Zaun auf den nächsten dieser Rundgänge und ließ dabei den Nachmittag nochmal Revue passieren.

Nachdem Paul seinen Bericht getippt und ich die Fotos von der Pressekonferenz in die Redaktion gegeben hatte, fuhren wir noch zu mir. Ich erzählte Paul, daß ich die Fotos, die ich beim alten Vesterhof gemacht hatte, so lange zurück behielte, bis ich zusätzliche Nahaufnahmen der Objekte hätte. Natürlich gab's für uns heute nur dieses eine Thema: BOMBE bzw. ENDMORÄNE.

Daß Paul nicht zum Rock-Konzert-Abend in Kellen kommen wollte, kam mir sehr gelegen. Hatte ich mir doch für diesen Abend etwas ganz besonderes vorgenommen.

Als er sich schließlich verabschiedete, dachte ich, nur gut, daß er nicht weiß, was sein Fotopartner Verrücktes vorhatte. Mitgenommen auf diese gefährliche Tour hätte ich ihn sowieso nicht.

Plötzlich nahm ich Stimmen wahr. Zwei junge Soldaten kamen jenseits des Zaunes entlang und passierten mein Versteck. Endlose Minuten verstrichen. Ich wagte nicht zu atmen, so groß war meine Anspannung; würde ich entdeckt werden oder nicht?

Worüber sie redeten, konnte ich nicht deutlich verstehen. Nur, daß ihr Thema die Bomben waren und daß man ihnen versichert hätte, die Strahlung wäre für die Soldaten ungefährlich, und daß es eine ganz neue Art von Bombe sei …
Freunde, ich habe Fotos von euren Bomben, dachte ich, wenn die Vergrößerungen auch ein wenig unscharf geworden sind, aber Bomben sind das jedenfalls nicht.
Die Soldaten waren inzwischen außer Hörweite. Ich holte aus der schwarzen Gürteltasche eine Drahtzange und begann vorsichtig, ein Loch in den Maschendrahtzaun zu schneiden.
Mein Gott, dachte ich, du spielst ja James Bond. Nur ohne Knarre. In dunklen Tarnklamotten versuchst du, wie ein Geheimagent in ein militärisches Sperrgebiet einzudringen. Oh Mann, du mußt übergeschnappt sein.
Ich war ja nicht mal sonderlich trainiert. Ein bißchen Badminton sorgte bisher für meine ganze körperliche Fitness. Aber ich wollte nun mal hinter dieses Geheimnis kommen.
Ein letzter Schnitt noch – die Öffnung war groß genug und ich schlüpfte durch. Jetzt war ich auf der anderen Seite des Zaunes. Ich hatte das Gefühl, als schlüge mein Herz doppelt so laut wie normal. Cool bleiben, machte ich mir selbst Mut, sonst kannst du dieses Vorhaben gleich abblasen und durch den Zaun zurückkriechen. Das kam nicht in Frage.

Um eine vorzeitige Entdeckung zu verhindern, verschloß ich provisorisch die Einstiegsöffnung.
1,5 Kilometer lagen jetzt vor mir. Zwischen den verlassenen Höfen, den Gebäuden und Stallungen, zwischen Bäumen und Sträuchern suchte ich mir meinen Weg zur Kiesgrube.

Während des Tages waren weitere Fachleute im Sperrgebiet eingetroffen. Neben den örtlichen Militärs liefen auf einmal viele offizielle Beobachter herum – mit Sicherheit auch Regierungsbeamte aus Bonn. Alle taten sehr wichtig. Physiker, Chemiker und diverse Experten anderer Disziplinen gaben sich ebenfalls ein Stelldichein.
Zudem begannen seit den frühen Abendstunden Soldaten damit, einen großen Sichtschutz aus Fertigteilen rings um die Kiesgrube zu bauen. Es entstand eine regelrechte Halle, dessen vordere Öffnung so angelegt wurde, daß Unbefugte keinen Einblick in die Kiesgrube hatten.
Zuletzt wurde eine riesige Plane gespannt, die die Kiesgrube komplett überdachte. Noch während am Nachmittag die Evakuierung im Gange war, wurden die Zelte der Einsatzleitung durch feste Holzbaracken ersetzt.
In der Baracke der Einsatzleitung war man sehr nervös. Für 22.30 Uhr erwartete man die Infrarotaufnahmen

eines Aufklärungsflugzeuges, das während des Nachmittags den gesamten nördlichen Kreis Kleve aus großer Höhe fotografisch erfassen sollte. Endlich traf der Kurier mit den Fotoabzügen ein.
Oberst Helge Kampen war ebenso anwesend wie der Einsatzleiter Major Knut Hinrichs. Der Geologe Tamm und die anderen Fachleute standen um den großen Tisch, der in der Mitte des Raumes stand. Die Abzüge wurden an die Anwesenden verteilt und sie sorgten für eine augenblickliche gespenstische Stille im Raum.
„Ich kann nicht glauben, was ich sehe", durchbrach Professor Tamm die Stille, „meine Herren, sagen sie mir, daß das nicht wahr ist, was ich hier sehe?"
Auch der Oberst starrte nur auf das Foto, welches er in Händen hielt.

Ich war mittlerweile bis auf knapp 100 Meter an die Kiesgrube herangeschlichen. Aus den Baracken drangen Stimmen der Einsatzleitung und das Stimmengewirr der Wachmannschaften.
Ich vermutete, daß es neben den Zaun-Patrouillen auch Posten in unmittelbarer Nähe der Grube geben würde. Ich war höllisch auf der Hut. Ich gestehe, daß dieses Versteckspiel ein gewisses Kribbeln erzeugte.
Den Eingang der provisorischen Halle konnte ich jetzt schon erkennen. Von weiteren Wachsoldaten noch keine Spur. Seitlich neben dem Eingang stand der

Radlader des Bauunternehmers. Diesen wollte ich erreichen. In seinem Schatten wäre ich so schnell nicht zu entdecken. Von hier aus waren es nur noch 30 Meter bis zu den Objekten. Ich sah mich nach allen Seiten um. Außer den Stimmen aus den Baracken war es hier draußen ruhig. In der Ferne röhrten zwei Motorräder vorbei, dann war wieder absolute Stille. Ich lief geduckt auf den Radlader zu. Geschafft, dachte ich und schlich um den Motorblock herum, um in dessen Schlagschatten zu gelangen.

„Uaah“, stieß ich zu Tode erschrocken hervor, als ich mit jemandem zusammenstieß, der hinterm Radlader mit schwarzverschmiertem Gesicht auf mich zu lauern schien. Mir stockte das Herz. Jetzt bist du dran, schoß es mir durch den Kopf, als der Jemand eindringlich flüsterte: Pssst! Sei leise. Du verrätst uns ja.“ Ich zitterte immer noch vor Schreck und ließ mich am großen Reifen des Radladers auf den Grasboden rutschen. Der Unbekannte setzte sich neben mich.

Hatte da etwa einer die gleiche Idee wie ich gehabt? fragte ich mich. Trotz der Dunkelheit nahm ich die Umrisse meines Nebenmannes wahr. Es war ein schmaler junger Mann.

„Ich heiße Michael Loogen“, stellte sich dieser leise vor und reichte seine Hand.

„Chris van Heuvel. Mann, was machen sie hier? Wissen sie eigentlich, wie scheißgefährlich das hier

ist?“ raunte ich ihn an, während wir uns die Hand gaben.
„Ich wohne hier, verdammt noch mal. Was geht hier überhaupt vor? Meine Alten haben sie hier herausgeschickt. Weshalb?“
Ich sah jetzt ein junges verschmiertes Gesicht. „Man hat hier Bomben gefunden. Deshalb“, antwortete ich.
„Bomben? Da drin? Ich war gerade da drin“, dabei zeigte er auf die Grube, „so’n Quatsch. Da haben die was ganz anderes drin. Das sage ich dir.“
„Du warst da drin?“ fragte ich erstaunt, „und wie bist du eigentlich auf dieses Gelände gekommen? Über’n Zaun?“
„Ach wo. Ich bin Freitag früher aus Duisburg zurückgekommen als geplant. Ich wollte erst bis Mittwoch bleiben. Egal. Als ich abends gegen 22.00 Uhr ankam, war hier der Teufel los. Überall Militär. Reinfahren konnte ich nicht mehr, also bin ich auf Schleichwegen zum Elternhaus hin. Um die Alten nicht zu wecken, schlich ich in den Schuppen hinterm Haus. Als ich am anderen Tag dann einen Blick nach draußen riskierte, sah ich, daß da Hektik war und alle sollten das Gelände verlassen – auch meine Alten. Ich blieb. Ich wartete in meinem Versteck, bis es dunkel wurde, dann tarnte ich mich und wollte sehen, warum hier solch ein Aufstand gemacht wurde. Und den Grund habe ich jetzt gesehen. Oh Mann.“ Er schwieg und drehte seinen Kopf, als hätte er etwas Verdächtiges gehört.

„Und?“ drängte ich weiter.
„Und? Ich war drinnen. Ich hab’sie gesehen. Ich stand vor Dingern, die auf zehn Meter Länge freigelegt worden sind. Und ich habe sie angefaßt. Superglatt war die Oberfläche und reichlich feine Symbole waren eingraviert. Mit diesen Zeichen konnte ich allerdings nichts anfangen.“ Loogen machte eine kurze Armbewegung in Richtung Grube, „und du? Hast du sie schon gesehen?“
„Ich war noch nicht drin“, antwortete ich.
„Ich wünsch’ dir viel Glück. Ich gehe jetzt zurück in meine Computerbude. Mach’s gut.“
Er lugte um den Radlader und vergewisserte sich, daß alles ruhig war. In gebückter Haltung verschwand er dann in die nur schwach erhellte Nacht.

Ich mußte auch in die Halle. Ob da nun was strahlt oder nicht, war mir im Augenblick egal. Ich wollte sie aus nächster Nähe sehen, ich wollte sie anfassen und ich wollte sie fotografieren. Eine kleine leistungsstarke Kamera mit entsprechendem Film wartete in meiner Gürteltasche auf ihren Einsatz. Ich war so nah dran.
Gerade wollte ich meine Deckung verlassen, als ein Schuß fiel und ich Rufe hörte: „ Halt! Stehenbleiben. Verdammt, bleiben sie stehen.“ Ein zweiter Schuß folgte. Ich bekam plötzlich Angst, schaute am Radlader hoch, sah, daß die Fahrertür nicht verschlossen war. In der Kabine des Radladers fühlte ich mich sicherer.

Ein weiterer Schuß fiel.
„Michael Loogen", dachte ich, „verdammte Scheiße, hier wird sogar scharf geschossen." Ich hatte richtig Bammel.
Schon beim ersten Schuß flogen die Türen der Baracken auf, weitere Wachsoldaten stürmten heraus und begannen, das Gelände abzusuchen.
Fast zwanzig Minuten verharrte ich lautlos im Führerhaus des Radladers. Vorsichtig blinzelte ich durch die Frontscheibe.
Was war mit dem jungen Loogen? Wenige Minuten nach den Schüssen sah ich von meinem Versteck aus, wie jemand auf einer Trage herangebracht, in ein Sanitätsfahrzeug verladen und aus dem Sperrbereich gefahren wurde. War das Loogen? Hatte er zuviel gesehen? Als es wieder ruhig auf dem Gelände war, kletterte ich vorsichtig die Tritte am Radlader hinunter, duckte mich zwischen den riesigen Rädern des Fahrzeugs und überlegte angestrengt. Jetzt abhauen ohne Beweis? Nee. Ich wollte trotz weicher Knie DIE EINE Nahaufnahme als Beweis.
Ein Blick auf die Uhr: Mitternacht.
Ich nahm die kleine Kamera aus der Gürteltasche und war fest entschlossen.
Jetzt oder nie, dachte ich und schlich auf Zehenspitzen um die Radladerschaufel herum, als ich nur noch für den Bruchteil einer Sekunde den Kolben eines Sturmgewehres wahrnahm. Dann wurde es dunkel.

Oh, brummte mein Schädel, als ich langsam wieder zu mir kam. Benommen richtete ich mich auf. Was war passiert? Langsam kehrte die Erinnerung zurück. Eisentür und Gitter vor den Fenstern. Na Klasse.
Dann fiel ich zurück aufs Bett und war erneut ohne Besinnung.

Sonntag, 23. Mai '93

Die Tür wurde aufgestoßen und mein Chefredakteur stand in der Zelle der Tannenburgkaserne. An seiner Seite Major Hinrichs. Nicht allein, daß mein Kopf brummte wie ein Bienenschwarm, jetzt auch noch das: Hinrichs und Smeets.
„Kommen sie, steh'n sie auf", hörte ich Hinrichs in seinem unverwechselbaren Ton, „sie können gehen. Wir wollen sie hier nicht mehr sehen."
Ich war immer noch nicht ganz wach, als ich mich aufrichtete. Meinen Kopf zierte eine große Beule.
„Er hat sich letzte Nacht am Radlader den Kopf gestoßen und als er ohnmächtig war, haben die Soldaten ihn erst einmal hergebracht", erklärte der Major meinem Chefredakteur.

„Lügen sie doch nicht so unverschämt. Ihre Leute haben mich niedergeschlagen. Davon ist die verdammte Beule. Und erzählen sie Herrn Smeets lieber von dem Jungen, den sie abgeknallt haben“, giftete ich den Major an. Dieser schaute Smeets an und schüttelte nur lächelnd den Kopf: „Er ist noch ein wenig durcheinander.“

„Kommen sie und halten sie ihren Mund“, pfiff Smeets mich an. Bis jetzt hatte Smeets verdächtig wenig gesagt. Das ist die Ruhe vor dem Sturm, wußte ich.
Ich raffte mein Sweatshirt und meine Gürteltasche an mich und wollte gerade den Raum verlassen, als ich merkte, daß die Gürteltasche ziemlich leicht war. Die Kamera fehlte. Ich fluchte, aber der Major tat so, als wüßte er von nichts.
Hatte ich mir gedacht. Ich wollte loslegen, doch Smeets Blick riet mir, jetzt den Mund zu halten. Okay. Für dieses Mal, dachte ich.
„Hören sie, Herr Smeets. Die haben letzte Nacht einen Jungen auf dem Gelände erschossen, weil der etwas sah, was er besser nicht hätte sehen sollen“, flüsterte ich meinem Chef zu.
„Seien sie doch ruhig jetzt. Noch sind wir in der Kasernenanlage.“ Dabei betrachtete er meine Aufmachung. In meinen schwarzen Klamotten sah ich wahrscheinlich aus wie ein Karnevals-Ninja.
Smeets hatte seinen Wagen vor der Kaserne geparkt.

Bei unserem Marsch zum Tor blickte ich mich um und fragte ihn: „Sagen sie, sind hier in Goch eigentlich Amis stationiert?“
„Nein, in Kalkar, denke ich“, war die Antwort.
„Aber wieso laufen denn so viele von denen hier herum?“ Durch die frische Luft konnte ich langsam wieder klarer denken.
„Interessiert mich nicht, van Heuvel. Wo haben sie eigentlich ihr Auto stehen?“
„An der Evangelischen Ostkirche in Pfalzdorf. Da steht mein Wagen.“
„Übrigens, van Heuvel, wissen sie, weshalb ich sie rausbekommen habe?“ fragte Smeets, „weil ich denen versichern mußte, nichts zu berichten, was spekulativ ist und was sie nicht gegengelesen haben.
Wir sehen uns in Montag morgen in der Redaktion um 10.00 Uhr. Seien sie gefälligst pünktlich. Dann will ich alles wissen. Was sie gesehen haben, welchen Verdacht sie hegen und bringen sie die verdammten Fotos mit, von denen sie bei der Pressekonferenz gesprochen haben. Und keine Extratouren mehr. Sonst gibt's mächtig Stunk, das kann ich Ihnen versprechen.“
Ich stieg um in meinen Wagen. Dann fuhren wir in verschiedene Richtungen davon.

Paah! Mir fiel nicht im Traum ein, meine Finger davon zu lassen. Nachdem ich geduscht hatte, brühte ich mir eine Tasse Kaffee auf.

Was ist mit dem jungen Michael Loogen, dachte ich, wo haben die den hingebracht. Was mir nicht geglückt war, ihm gelang's: Er hat die Objekte gesehen und angefaßt.
Ich wollte wissen, wo er wohnt. Im Telefonbuch unter Goch-Pfalzdorf hatte ich ihn schnell gefunden. Mein Versuch, diese Nummer anzurufen, scheiterte: Die Leitung war tot. Unwillkürlich versuchte ich eine andere Nummer, deren Adresse verriet, daß sie ebenfalls im Sperrgebiet lag – auch die Leitung war tot. Zwei weitere Versuche mit anderen Nummer ergaben das gleiche Resultat.

Es war noch Vormittag und bis zu meinen Fototerminen auf den Sportplätzen hatte ich noch Zeit. Trotz Beule wollte ich meinen Job machen. So holte ich mir einen Block und begann, mir Notizen zu machen, Skizzen anzufertigen und diese Blätter heftete ich in einen alten Ordner hinter einen ganzen Stapel Schulunterlagen ein. Die Aufschrift des Ordners: *Abiturfest 1983*.
Auch die Farbfotos, die ich gemacht hatte, kamen erstmal in diesen Ordner.
Ich betrachtete meine bisherigen Aufzeichnungen. Ich war überzeugt, da liegt was völlig Fremdes im Boden. Nur was und wie groß? Künftig mußte ich vorsichtiger arbeiten. Daß die Burschen sofort schießen, hatte ich erlebt.

Daß ich zur Zeit alleine lebte, fand ich in dieser jetzigen Situation gut. Aber Paul? Konnte ich ihn überreden, bei dieser Sache mitzumachen? Schließlich hat er Familie. Vom beruflichen Standpunkt wäre er sofort dabei, da war ich mir sicher. Und ich brauchte ihn auch. Er wäre in der Lage, alles perfekt zu dokumentieren und zu schreiben, wenn wir diese Story richtig groß herausbringen wollten. Klar macht Paul mit, war ich mir plötzlich sicher.
Und ob der Smeets und die Zeitung da mitmachen würden? Wenn es gut recherchiert ist, bestimmt. Und dafür sind Paul und ich ja bekannt.

Ich machte mir noch eine Dosensuppe warm. In dem Trubel hatte ich ganz vergessen, einzukaufen.
Über eine Verkleidung mußte ich nachdenken. Der Hinrichs, der Oberst, die kannten mich mittlerweile. Ein Schnauzer muß her und 'ne Brille. Oh, da habe ich noch eine richtige ‚Highway-Policeman'-Brille, fiel mir ein. So eine mit Spiegelglas. Total scharf.

Zwischen meinen Sportplatzeinsätzen nahm ich mir kurz Zeit, um zur Stätte meines nächtlichen erfolglosen Besuchs zu fahren. Es hatten sich doch einige Schaulustige am Zaun der Absperrung eingefunden. Wenn die alle wüßten, was wirklich hinter diesen Holzwänden verborgen lag.

Dann sah ich Hermann Cramer – in Zivil. Wir unterhielten uns kurz. Er erzählte, daß er seit Tagen an mehr oder weniger heftigen Kopfschmerzen litt und deswegen krankgeschrieben sei. Dann meinte er, und zeigte dabei auf die Absperrung, daß er der erste nach den Bauarbeitern war, der diese ‚Bomben' gesehen hätte. Ich sagte, daß er mir das mal in Ruhe erzählen müsse.

Ich blieb eine halbe Stunde, dann mußte ich zurück in die Dunkelkammer der Redaktion.

Was ich nicht mehr mitbekam war, daß ab 18.00 Uhr wieder Bewegung in die Sache kam. Schweres Gerät wie Bagger, Kräne, Tieflader und LKWs fuhren durchs Tor ins Sperrgebiet. Einer der Bundeswehrlastwagen führte Kompressoren und Schweißausrüstung mit.

An dieser Stelle kann ich nur wiedergeben, was der damalige Feldwebel Mücker beobachtet hatte. Er war als Protokollführer bestimmt worden.

Der Oberst schien schon den ganzen Nachmittag äußerst nervös zu sein. Die Fotos, die der Aufklärer lieferte, waren natürlich schon alarmierend.
Zusätzlich waren vom Deutschen Astrophysikalischen Institut, kurz DAI, zwei weitere Fachleute als Berater

hinzugezogen worden. In der Begleitung des Oberst befand sich erstmals der Mann, den Kampen als Hol Texome, einen amerikanischen Regierungsbeamten vorstellte.
Für alle Experten waren die Aufnahmen eindeutig: Diese freigelegten Teile gehören zu einem Objekt, das die unglaubliche Größe von nahezu 3000 Metern vorwies. Nach der Position auf den Infrarotaufnahmen wurde hier ein kleines Stück des hinteren Teils durch die Bauarbeiter freigelegt. Der komplette Hauptteil lag in der Endmoräne wie eingegossen und erstreckte sich von Louisendorf bis nach Kleve-Materborn. Vermutlich, so der Geologe Professor Tamm, wurde dieses monströse Teil vor zigtausend Jahren mit einem Eiszeitgletscher mitsamt Geröll- und Sandmassen hergeschoben. Ständige Erosionen haben die darüberliegende Erdschicht immer dünner werden lassen, so daß es jetzt erst entdeckt wurde.
„Leider stimmt das nicht ganz“, meldete sich jetzt der Begleiter vom Oberst Kampen zu Wort, dessen Aussprache eindeutig den Amerikaner verriet. „Hallo Gentleman. Mein Name ist Hol Texome.“ Dabei begrüßte er alle nochmals durch kurzes Kopfnicken. „Sorry, aber ich habe in meinen Unterlagen ein Dokument, daß ich ihnen nicht vorenthalten möchte.“
Er zog aus seiner Aktenmappe einen Umschlag heraus mit dem Aufdruck TOPSECRET/GERMANY/73. In diesem Umschlag befanden sich Fotos, die von der

SKYLAB 1973 bei ihren Erdumrundungen aufgenommen wurden. Er zeigte die Fotos den Anwesenden.
„Wie sie sehen, Gentlemen, war die amerikanische Airforce schon '73 über dieses Objekt tief im Boden informiert. Sie werden sich zu Recht fragen, warum unsere Regierung sie hier in Deutschland nicht darüber unterrichtet hat? Well, aus zwei Gründen, kurz und einfach: 1. Vermeidung von Panik in West-Germany, und 2.: Nachdem wir es noch einige Male aus der Luft untersucht und vermessen hatten, kamen wir zu dem Schluß, dieses Objekt war völlig ohne irgendwelche Anzeichen von Leben. Auch konnten wir keinerlei Gefahr vom Objekt selbst ausgehend feststellen. Also ließen wir es im Boden. Gleichzeitig trafen unsere Regierungen ein Abkommen, sollte irgendwann einmal irgendwo in Westdeutschland ein unidentifiziertes Teil entdeckt werden, dann hat die amerikanische Luftwaffe die Erlaubnis, dieses fremde Teil zu bergen. Sorry, Gentlemen, das sind die Fakten."
Der Oberst und die anderen Herren waren geradezu sprachlos. Saßen sie hier auf einem erdfremden Objekt seit Jahrhunderten und niemand wußte es?
„Okay", der Oberst bedankte sich bei Hol Texome für seine Offenheit und fuhr dann fort: „Daß wir, und auch die Amerikaner, solch ein gigantisches Objekt nicht aus dem Boden heben können, bedarf keiner weiteren Kommentierung. Wir wollen aber sehen, ob wir hineinkommen!"

Mücker bemerkte bei einigen Wissenschaftlern enormes Unbehagen.
„Wenn jetzt schon eine, wenn auch geringe Strahlung festgestellt wurde, wer garantiert uns, daß uns nicht weit Gefährlicheres erwartet. Was wissen wir über biochemische Gase, über mögliche Erregerkulturen, die einem Kälteschlaf gleich, überlebt haben könnten? Wir sollten ausgiebigere Untersuchungen anstellen, bevor wir reingehen, falls es überhaupt Hohlräume gibt", ereiferte sich einer der Biologen. Was jetzt an Fachchinesisch durch den Raum geworfen wurde, konnte Mücker nicht wiedergeben. Nur soviel: Man wollte sofort beginnen, nach einer Öffnung am Objekt zu suchen. Die Baumaschinen sollten mit dem Freilegen beginnen.
Besonders wurde betont und beschlossen, solange man nicht wußte, was genau hier im Boden lag, würde der Öffentlichkeit weiterhin die ‚Bomben-Story' verkauft.

Die Bagger fraßen sich tiefer und tiefer ins Geröll und die LKWs kippten Hänger für Hänger davon hinter die Hallenkonstruktion.
Gegen 02.05 Uhr wurden der Oberst und sein amerikanischer Gast informiert. Alle Maschinen wurden gestoppt, bis die Beiden anwesend waren.
Major Hinrichs zeigte den zwei Herren das, was sie für einen möglichen Einstieg hielten.

Jetzt zog sich ein 3erTeam die in einem LKW mitgeführten Schutzanzüge und Schutzhelme über. Schweißgeräte wurden vorbereitet und das Team begab sich zu der vermeintlichen Einstiegsluke. Ein Radlader fuhr heran. Die Schaufel wurde als Plattform umgewandelt, so daß die Männer problemlos arbeiten konnten.
Der erste Schneidpunkt wurde vorsichtig angesetzt. Die Spannung war auf den Gesichtern der Umstehenden abzulesen. Der Schweißer schaute nochmals rüber zum Oberst. Dieser nickte aufmunternd zu. Als der Schneidbrenner weiter aufgedreht wurde und an einer der zwei hervorstehenden siebeneckigen Flächen ansetzte, die erts nach dem Freilegen sichtbar wurden. Alle hielten den Atem an. Das Siebeneck verfärbte sich grün, dann gelb. Plötzlich verschob sich ein Teil der Seitenplatte von der Größe einer doppelten

Tischtennisplatte nach unten und rammte seitlich mit ungeheurer Wucht den Radlader. Durch die Wucht flogen die drei Männer von der Plattform. Einer von ihnen schrie vor Schmerz. Einige liefen zu den Verletzten – andere versuchten, die Schweißgeräte abzustellen, aber nur Major Hinrichs und Lars Mücker sahen, wie für einen kurzen Augenblick aus der Öffnung eine ultraspitze Pyramide mit einer Länge von ca. 4 Metern herausstieß, einen dumpfen Knall verursachte und dann wieder in die Ausgangsposition zurückfuhr. Augenblicklich hob sich das abgesenkte Seitenteil und schloß sich.
„Herr Oberst, angesichts des Unfalls und des defekten Radladers schlage ich eine Pause vor. Außerdem muß ich ihnen eine absolut merkwürdige Beobachtung melden."
„Was für eine Beobachtung, Major Hinrichs, raus mit der Sprache", forderte Kampen.
„Es ging blitzschnell", sagte der Major und er berichtete, was er am Objekt beobachtet hatte.
„Merkwürdig, aber okay. Wir machen eine Pause." Er schaute auf seine Uhr: „Jetzt haben wir Montag früh 2.30 Uhr. Wir machen weiter um Punkt 7.30 Uhr. Gute Nacht, meine Herren."

Lars Mücker sprach einen der Physiker auf den dumpfen Knall an. „Ein dumpfer Knall?" wiederholte der immer noch sichtlich betroffene Fachmann, „könnte von einer Schallkanone kommen – vielleicht. Ich hätte ihn hören müssen, aber leider habe ich nicht darauf geachtet.“

Als die Männer der Einsatzleitung und Lars Mücker das Gelände verlassen hatten und auf dem Weg nach Goch waren, hörten sie ganz deutlich die Feuerwehrsirenen, die durch die Straßen von Goch schallten.

Montag, 24. Mai '93

Da mein Job montags immer erst um 10.00 Uhr begann, kam es selten vor, daß ich den Wecker auf 7.30 Uhr stellte. Es sei denn, ich hatte vor meinem Job noch Wichtiges zu erledigen, wie den Kühlschrank mal wieder auffüllen zum Beispiel. Der Wecker holte mich zurück in die Welt. Ich schlurfte müde ins Bad. Meine Beule hatte zwar noch Farbe, aber sie war zurückgegangen.
Als ich wie ein neuer Mensch in die Küche trat, schaltete ich auf dem Weg zum Kühlschrank wie jeden Morgen das Radio ein. Bei der ersten Meldung der Acht-Uhr-Nachrichten blieb mir fast das Marmeladenbrot im Hals stecken:

„... ist heute Nacht gegen 2.27 Uhr der 69 Meter hohe Turm der Gocher St. Maria Magdalena Kirche eingestürzt. Nach ersten Untersuchungen tappt man bezüglich der Einsturzursache völlig im Dunkeln. Ob das letztjährige Erdbeben damit zu tun hat, ist nicht auszuschließen, sagte ein Vertreter der ...“
Ich schnappte das Telefon und versuchte, Paul zu erreichen.
„Ach hallo Chris, du bist's. – Na sag' mal, was habe ich gehört: Du bist vorletzte Nacht ins Sperrgebiet eingestiegen. Mensch, warum hast du mir nicht Bescheid gesagt. Ich wäre doch mitgegangen. Du bist vielleicht ein Kumpel.“
„Sei froh, daß du nicht dabei warst, mein Lieber. Auf einmal wurde im Sperrgebiet scharf geschossen und ich selbst wurde niedergeschlagen. Erzähl' ich dir noch alles. – Aber weshalb ich anrufe: Hast du schon von eurem Kirchturm gehört? Nein? Dann mach' gefälligst das Radio an. Der ist runtergekommen. Einfach so. Du mußt doch heute Nacht Sirenen, Feuerwehr oder irgendetwas gehört haben – du wohnst doch in Goch?“
„Ja, aber ich habe nichts mitbekommen. Und der Turm ist runter?“ staunte Paul.
„Ja genau. Wir treffen uns da. Ich komme kurz vor neun. Ich habe so einen Verdacht, daß das auch mit der Geheimniskrämerei in Louisendorf zusammenhängt. Übrigens sei pünktlich, ich muß um zehn in der Redaktion sein. Dann bekomme ich meine Spezial-

Standpauke. Vielleicht kommst du besser auch“, bat ich und legte auf.

Es war ein Bild der Verwüstung. Überall lagen Trümmer des ehemaligen Kirchturms herum. Glücklicherweise soll niemand zu Schaden gekommen sein. Ich machte Fotos, Paul sprach mit einigen Anwohnern und gegen 10.00 Uhr waren wir dann in der Redaktion am Fuße der Klever Schwanenburg.
Als der Chefredakteur den Raum betrat, rechnete ich mit dem Rüffel der Woche. Doch nicht die Spur.
Smeets setzte sich auf einen freien Stuhl und fragte ganz ruhig: „Und jetzt will ich in allen Einzelheiten informiert werden, was hinter der ganzen Sache steckt. Wofür riskiert einer meiner Mitarbeiter Kopf und Kragen? Nebenbei gesagt, geht der Major Hinrichs mir auch gehörig auf die Nerven. Also, ich höre.“
Paul und ich schilderten Smeets die von uns vermuteten Zusammenhänge im Fall der Bomben und der verdächtigen OPERATION ENDMORÄNE. Über das Verschwinden von Michael Loogen und letztlich den wagen Verdacht, der Einsturz des Kirchturms könne auch etwas mit der Sache zu tun haben.

Smeets hörte sich alles in Ruhe an. Dann stand er auf und sagte: „Solch eine Spinnerei, meine Herren, habe ich lange nicht mehr gehört. Aber vielleicht ist ja etwas dran an der Sache. Darum weiter dranbleiben.

Aber bitte nicht die übrige Arbeit darüber vergessen. Bis dann."
Smeets verließ den Raum.
Glück gehabt.

Zur gleichen Zeit, so berichtete mir Lars Mücker später, wurde von der Einsatzleitung im Sperrgebiet eine folgenschwere Entscheidung getroffen.
Seit den Morgenstunden saß die Einsatzleitung wieder in der Baracke zusammen und analysierte den fehlgeschlagenen Versuch der letzten Nacht. Den verletzten Soldaten ging es wieder relativ gut. Sie befanden sich in militärärztlicher Obhut in Goch.

Major Hinrichs, der zwischenzeitlich vor Ort das weitere Freilegen des Objekts beobachtete, kam gegen 8.30 Uhr in die Baracke und bat den Oberst und die anderen Herren, unbedingt zu kommen, um sich etwas anzusehen.
Das umgestürzte Baufahrzeug war wieder aufgerichtet worden und LKWs schafften die Geröllmassen nach außerhalb, wo sich links und rechts der Grube kleine Wälle bildeten.
„Wir haben es bemerkt, als Sonnenstrahlen ins Innere des Hangars drangen", berichtete der Major und zeigte auf eine kleine, etwa untertassengroße Öffnung in der Plane, „letzte Nacht war sie in der dunklen Plane und gegen den Nachthimmel nicht zu entdecken. Herr Oberst, sie erinnern sich an meine Beobachtung letzte Nacht? Die ausgefahrene Spitze, die den dumpfen Knall erzeugte, zeigte genau dorthin."
„Sie meinen, dieses Objekt hat so etwas wie einen Schuß abgegeben?" fragte der Oberst.
„Schon möglich", nickte Hinrichs.
Einer der Wissenschaftler war zum Objekt gegangen, schaute sich die Öffnung in der Plane an und blickte dann auf eine Karte vom Kreis Kleve, die er in Händen hielt. Er nickte ein wenig mit dem Kopf und kam dann zur diskutierenden Gruppe zurück.
„Es sieht ganz so aus, das, was immer auch abgeschossen wurde, in Richtung Goch ging", sagte er und zeigte zur Bestätigung seiner Annahme die Karte.

„Meine Herren, solange wir nicht genau wissen, was wir hier im Boden haben und ob etwas abgefeuert wurde oder nicht, ist jeglicher Zusammenhang mit der OPERATION ENDMORÄNE und dem Einsturz in Goch zu dementieren. Folgen sie mir bitte."
Dort war vor zwei Minuten Hol Texome eingetroffen. Auch er hatte vom Einsturz des Kirchturms gehört. Im Rahmen der ausgiebigen Erörterung präsentierte der Major einen Bericht der Radarstation Uedem über seltsame Signale aus unmittelbarer Ungebung der Stellung. „Man hat sie", so erzählte der Major, „bisher als Störungen im elektronischen System zu erklären versucht. Nach dem Wissen der letzten Stunden jedoch bekommen sie natürlich eine ganz neue Bedeutung. Besonders, wenn man sich an die ersten Signale erinnert, die nach Aufzeichnungen genau um 3.15 Uhr in der Nacht vom 12. auf den 13. April '92 registriert worden sind. Und wie man sich vielleicht erinnern kann, hatte der Niederrhein zu diesem Zeitpunkt ein für diese Gegend völlig ungewöhnliches Erdbeben. Nach den neuen Fakten, glaube ich, daß dieses Erdbeben vom Objekt ausgelöst wurde. Ein Befreiungsversuch möglicherweise? Wer weiß das schon. Jedenfalls fing die Station letzten Monat erneut diese merkwürdigen Signale auf. Die Auswertung ergab, das zweimal metallische Stücke mit wahnsinniger Geschwindigkeit vom Boden aus steil in den Himmel gestiegen sein mußten. Die errechnete Ent-

fernung ergab eine Position nahe des Tannenbusch-wäldchens. Und dieses liegt, wie uns auch bekannt ist, nur einen Kilometer von diesem Fundort entfernt. Soweit die Informationen der Radarstation zu dem Thema. Danke meine Herren!" Der Major reichte die Unterlagen dem Oberst.

Die darauffolgende Erörterung der Lage dauerte nur zwanzig Minuten. Alle Anwesenden gaben ihre Meinung und ihre Empfehlung ab.

Daraus ergaben sich folgende Fakten. Fakt 1: Um dieses riesige Objekt bergen zu können, bedarf es neuer Konzepte. Fakt 2: Niemand könnte absehen, welche Verteidigungmöglichkeiten dieses Objekt noch zu seinem Schutz aktivieren würde und welche Konsequenzen dies für die Region nach sich zöge.

Fakt 3: Die Bekanntmachung allein, daß unter dem Lebensraum vieler tausend Bürger ein unbekanntes, riesiges Objekt ruhte, würde eine Panik und eine Massenflucht auslösen. Die daraus resultierenden Folgen wären unabsehbar.

Der Oberst fällte nach kurzem Wortwechsel mit Hol Texome eine brisante Entscheidung: 1. Die Bomben- und Militärübungsvariante wird unter allen Umständen aufrechterhalten.

2. Die Grube wird wieder völlig geschlossen. Das ganze Areal wird, da man offiziell noch mit mehr solcher Bomben rechnet, für jegliche Kiesgruben und sonstige Ausschachtungsarbeiten gesperrt.

3. Der Abtransport der freigelegten und entschärften Bomben wird vorgetäuscht. Aufnahmen dieser Blindgänger werden vom Militär „gemacht" und der Presse zur Verfügung gestellt.
4. Alle Beteiligten, die Informationen über die wahren Hintergründe der OPERATION ENDMORÄNE preisgeben, werden mit hohen Haftstrafen zu rechnen haben. Alle Beteiligten sind unverzüglich hierüber in Kenntnis zu setzen.
5. Neugierige Einzelpersonen wie auch Organisationen werden eindringlich auf entsprechende Zurückhaltung ‚ermahnt'.
Auch Lars Mücker wurde unmißverständlich auf die Gefahr eventueller ‚Geschwätzigkeit' hingewiesen.

Wie Mücker weiter berichtete, wurde unverzüglich mit der Umsetzung dieser Entscheidung begonnen. Schon am späten Abend war die komplette Kiesgrube wieder zugeschüttet und planiert. Bevor die Plane und die Hallenwände verladen wurden, präparierte man zwei der LKWs. Als diese dann nachts das Tor des Sperrgebietes verließen, teilte man den wenigen Neugierigen vor dem Tor offen mit, daß diese zwei Bomben umgehend zu einem Spezialdepot für Kriegswaffen transportiert werden, um sie einer genaueren Untersuchung zu unterziehen. Die anfangs gemessene Strahlung hätte keine Folgen für die Bevölkerung in

diesem Gebiet. Fotos der Bomben würden in den nächsten Tagen in Goch bereit liegen.
Noch in dieser Nacht wurde die Übung beendet. Zäune, Baracken und Scheinwerfer verschwanden. Nur ein Schild blieb im Boden verankert, das verbot, in diesem Boden zu graben. Gegen 4.00 Uhr am frühen Dienstag war das gesamte Militär abgerückt. Als in den frühen Morgenstunden die ersten Autofahrer auf dem Weg zur Arbeit die nun wieder freie Uedemer Straße befuhren, sahen sie auf diesem Acker nur noch zwei Dinge. Ein großes Warnschild und den verwaisten Radlader eines Bauunternehmens.

Dienstag, 25. Mai '93

Ich konnte es nicht glauben, als ich am frühen Morgen von Smeets erfuhr, daß in Louisendorf der ganze Spuk vorbei sein sollte. Übung beendet, die Bomben schon unterwegs zu irgendeiner Militäreinrichtung, zwecks genauerer Untersuchung. Das durfte doch nicht wahr sein, dachte ich, als ich gegen neun vor dem planierten Feld stand, auf dem gar nichts mehr darauf hin deutete, daß hier einmal eine Kiesgrube war. Hätte nicht der verwaiste Radlader dort gestanden, man könnte glau-

ben, alles wäre nur ein Traum gewesen. Doch es war kein Traum. Die kleine Schwellung, die ich immer noch am Kopf hatte, erinnerte mich schmerzhaft daran, was ich erlebt hatte. Ich sah die ersten Evakuierten wieder zu ihren Häusern fahren. Da fiel mir Michael Loogen ein. Ich fuhr zum Loogenhof. Vor dem Haupthaus traf ich ein älteres Ehepaar, das gerade, nachdem sie ihren Wagen in die Garage gestellt hatten, ins Haus wollte.
„Hallo, Guten Morgen. Mein Name ist Chris van Heuvel. Ich bin von der Zeitung."
„Guten Morgen", erwiderten die zwei.
„Spreche ich mit Herrn und Frau Loogen?" fragte ich und nahm dabei meine Highway-Policeman-Brille ab.
„Ja, gewiß. Das sind wir."
„Ich sehe, sie kommen gerade zurück. Wie haben sie erfahren, daß die Evakuierung vorbei ist?"
„Durch den Lokalsender heute morgen im Radio."
„Und war es für sie eine schlimme Zeit, mit der Ungewißheit, wie diese Bombengeschichte wohl ausgehen könnte?" fragte ich weiter.
„Nein nein", sagte Herr Loogen, „wir waren bei meinem Schwager. Es war halt ein wenig wie nach dem Krieg, als wir Kinder waren. Da hatten wir auch zusammenrücken müssen – wegen der Einquartierungen, sie wissen schon. Außerdem, was ganz toll ist, meine Frau hat ihre Kopfschmerzen seit gestern abend nicht mehr bekommen. Sehen sie, durch ihre

Schmerzen war sie vorher schon seit Jahren nicht mehr richtig aus dem Haus gekommen. Da wird sich auch unser Sohn freuen, wenn er Donnerstag wiederkommt.“
„Sie haben einen Sohn?“ erkundigte ich mich.
„Ja, den Michael. Der ist für ein paar Tage mit einem Freund nach Duisburg gefahren. Er ist unser einziger Sohn. Aber leider hat der Junge kein Interesse, den Hof weiter zu führen. Deshalb haben wir schon einen Teil von unserem Land an einen Bauunternehmer verkauft.“
„Nur“, warf ich ein, „darf dort ab jetzt nicht mehr baggert werden. Das ganze Gebiet kann wegen möglicher weiterer Bomben nur noch landwirtschaftlich genutzt werden.“
„Nein, das wissen wir noch nicht. Wenn das aber stimmt, werden wir uns etwas anderes überlegen müssen.“
Ich ließ die Leute allein. Das, was ich von ihrem Sohn wußte, behielt ich für mich.

Gegen zehn war ich in der Redaktion. Paul und Smeets warteten schon auf mich. Ein Anruf, den Smeets von Major Hinrichs erhielt, war der einzige Punkt unserer Unterredung. Hinrichs hatte nochmals auf sein Deal mit dem Chefredakteur hingewiesen und gemeint, daß eine zu ‚aufklärerische‘ Berichterstattung seitens des Blattes nicht ohne Konsequenzen bliebe. Mein Ein-

dringen in das Sperrgebiet der Bundeswehr könne nach wie vor strafrechtliche Folgen für mich und viel Ärger für das Blatt bedeuten. Wie sollten wir uns verhalten? Was hatten wir eigentlich in Händen? Welche Beweise, außer diesen Fotos? Keiner von uns hatte das Objekt direkt und ganz nah gesehen.
Zu diesem Zeitpunkt kannte ich noch nicht Lars Mücker. Und Polizeimeister Cramer? Als Zeuge wäre der Staatsdiener in eine verzwickte Situation gekommen. Auch wußten wir nichts von den Radarsignalen oder der Skylabaufnahme, wußten nicht, ob die vielen Kopfschmerz-Fälle tatsächlich etwas mit dem Fund in Louisendorf zu tun hatten. Wir wollten uns auf gar keinen Fall einschüchtern lassen, aber im Grunde genommen hatten wir nichts!
Gemeinsam beschlossen wir deshalb, erst in dem Augenblick, wo wir einen Beweis in Händen halten, die ganze Story an die Öffentlichkeit zu bringen. So lange wollten wir ganz behutsam an der Sache weiterarbeiten. „Übrigens, van Heuvel", sagte Smeets mit ernstem Ton, „Hinrichs hat verlauten lassen, daß er ihren Namen dem MAD durchgegeben hat, nur damit sie wüßten … meinte er."
„Ach du Scheiße", konnte Paul nur rausbringen.
„Was soll's. Soll'n die ruhig wissen, daß ich mehr weiß. Seit dem Gewehrkolben in der Fresse können die mir auch keine Angst mehr machen."
„Ich würd's nicht auf die leichte Schulter nehmen",

meinte Smeets, „wenn die einen erst mal im Visier haben, kann es nervig werden. – Und nehmen sie doch bitte diese unmögliche Brille ab, van Heuvel, sie sehen ja aus wie vom CIA.“ Er ging aus dem Zimmer. Ich stand auf, ging zum Fenster und blickte zur Schwanenburg hoch. Paul stellte sich neben mich und schaute auch hinaus. Dabei sagte er: „ CIA, MAD, Militärs, Wissenschaftler und unbekannte Objekte. Kleve, jetzt ist es aus mit der ländlichen Postkarten-Idylle, mit fröhlichen Fahradtouren durchs hügelige Land. Es scheint: Du hast ein großes Geheimnis.
Doch der größte Knaller sollte erst noch kommen.

Der restliche Tag nach der Besprechung war dann wieder Routine.
Paul und ich waren abends noch auf ein Bier im ‚Kürfürsten‘, versuchten, etwas Abstand zu gewinnen von den Ereignissen der letzten Tage. Pauls Frau war mittlerweile der Meinung, daß mit unserer ‚fixen‘ Idee, langsam gut sein müsse. Wir wollten bei einigen Bierchen die Sache erledigen. Hatte Paul ihr jedenfalls gesagt. Natürlich kam's anders. Mit jedem weiteren Bier wurden wir immer entschlossener, dieses Thema rauszubringen. Aber wie – ohne Beweise. Gegen 22.00 Uhr waren wir soweit: Wir wollten in meiner Wohnung das bisher Ermittelte zusammentragen und genaue-

stens dokumentieren. Paul konnte sowas bestens. Also ließen wir unsere Autos stehen und fuhren mit dem Taxi zu mir. Statt aufzuhören mit dieser Endmoränen-Sache, fingen wir erst richtig an. Die Ordner, die wir füllten, kennzeichneten wir sicherheitshalber nur mit Jahreszahlen.

Um viertel nach elf kam Paul in die Redaktion. Er hatte sich von seiner Frau zu seinem Auto bringen lassen und kam recht angeschlagen ins Zimmer.
„Nina war ganz schön sauer, als ich ihr erzählte, wir würden weiter an der Sache arbeiten“, erzählte er.
„Hör mal“, entgegnete ich, „wenn an dieser Sache was dran ist, und du bringst das raus, bist du mit einem Schlag bekannt. Und dann steigst du auf und machst noch Karriere. Ich halte dich für einen Spitzenreporter. Du mußt nur mal ’ne richtig heiße Story haben, dann bist du auch wer. Gibt dann auch mehr Geld. Das müßte Nina doch auch wollen, oder nicht?“
Paul hörte ruhig zu: „ Ich weiß nicht genau, ob sie das will oder lieber nur ein ruhiges Familienleben. Seit sie mit dem zweiten Kind schwanger ist, hat sie sich ver-

ändert. Ich glaube nicht, daß sie wegziehen will nach Düsseldorf oder Köln oder wohin auch immer."
„Ach, Paul, das legt sich wieder. Du wirst sehen." beruhigte ich ihn und wollte gerade einige aufmunternde Bemerkungen machen, als das Telefon ging.
Paul hob ab: „Rheinische Post, Redaktion, Paul Brakel."
Ich sah, wie er die Stirn runzelte und zuhörte und dann sagte: „ Ja okay, wenn sie meinen, daß es so wichtig ist, treffen wir uns in Louisendorf um 12.00 Uhr – mittags."
Ich mußte unwillkürlich lachen und fragte nur: „Wen willst du treffen: Gary Cooper, haha?"
„Quatsch", erwiderte Paul und guckte mich ganz irritiert an, „da will dich jemand wegen des Ufos in Louisendorf sprechen."
„Ufo?" wiederholte ich erstaunt.
„Ja, er scheint davon zu wissen und er tat so, als würde er dich kennen. Er will die Menschheit warnen, sagte er."
„Kennt mich? Menschheit warnen? Wohl wieder so'n Wichtigtuer. Wie war denn der Name?" wollte ich wissen.
„TOGDOR, GAZ TOGDOR."
Ich sah Paul an und zuckte die Schulter: „ Was ist das denn für ein Name? Na gut. Wie spät ist es jetzt? Viertel vor zwölf. Fahr'n wir hin."
Natürlich setzte ich meine ‚schicke' Brille wieder auf.

Als wir von der Uedemer Straße Richtung Louisendorf abbogen, war der Radlader nicht mehr da.
Wir fuhren langsam die Pfalzdorfer Straße entlang bis zur Gabelung und bogen dann am Louisenplatz ab.
„Da steht er", stieß mich Paul an und zeigte zur Kirche.
Ich sah ihn auch und hielt an.
Mein Gott, wie sieht der denn aus, dachte ich, und so einer will mich kennen?
Wir schauten noch mal die ganze Umgebung ab, es gab nur diesen hageren Mann, als wir den zwölf-Uhr-Glockenschlag vernahmen.
„Zwölf Uhr Mittags", flachste ich, „komm wir geh'n zu Gary Cooper."
Direkt am schmalen Weg, der zur Kirche führte, stellten wir den Wagen ab.
Es war ein schöner Maitag und die Sonne wärmte schon. Wir hatten dünne Jacken an, doch jener einen langen schwarzen Umhang, wie wir von weitem sehen konnten. Wir gingen auf den Fremden zu, der vor dem Kirchentor auf uns wartete.
Jetzt konnte ich ihn besser sehen, obwohl die Sonne ein wenig blendete. Er schien ungefähr 50 Jahre alt zu sein. Auffällig war sein ungewöhnlicher schwarzer Hut, der seinen Besitzer größer erscheinen ließ. Auffällig waren auch seine langen dunklen Koteletten. Trotz des weiten Umhanges schien er hagerer Gestalt zu sein.
Er sprach uns direkt an, als wir ihn erreichten: „Ich

schätze mich äußerst glücklich, daß meinem Wunsch entsprochen wurde. Mein Name ist Gaz Togdor und ich komme aus Heidelberg. Vielleicht ist ihnen bekannt, daß die Vorfahren der Bewohner dieses Ortes ebenfalls aus der Gegend um Heidelberg kamen. Nun denn. Wer von ihnen ist Chris?"
Ich war überrascht und schaute Paul an. Kannte er mich nun doch nicht? dachte ich. Paul zuckte nur mit den Schultern.
„Ich bin Chris", sagte ich und reichte ihm die Hand. Seine Stimme klingt wirklich sehr merkwürdig. Genau wie sein Dialekt, dachte ich.
„Dann sind sie Paul Brakel?"
„Stimmt genau", antwortete Paul und auch er schüttelte Gaz Togdor die Hand, „Herr Togdor, sie klangen ja recht geheimnisvoll am Telefon?"
„Meine Herren, daß ich sie angerufen habe, ist kein Zufall. Ich weiß, sie sind die richtigen, um meine Botschaft zu vermitteln."
Paul und ich schauten uns abermals an.
In diesem Augenblick rief jemand meinen Namen: „Hallo, Herr van Heuvel, sind die Fotos was geworden?"
Es war Vesterhof, der gerade mit seinem Fahrrad die Straße entlang fuhr.
„Ja, bestens", rief ich zurück. Dabei machte ich einen Schritt zur Seite und Vesterhof konnte jetzt auch Paul und den Fremden erkennen.

Vesterhof stoppte, stieg vom Fahrrad und trat an den Zaun, der das Kirchenquadrat umgab. Er schaute. Er schaute aber nicht mich an, sondern den Fremden.
„Jetzt habt ihr ja wieder Ruhe“, rief ich ihm zu. Aber der alte Louisendorfer antwortete gar nicht. Er schaute angestrengt zu uns herüber, stieg dann zittrig auf sein Fahrrad und fuhr direkt zurück zu seinem Haus.
„Was hatte der denn?“ wollte Paul wissen.
„Er hat mich erkannt“, sagte Gaz Togdor mit ruhiger Stimme, „lassen sie uns in dieses Gotteshaus gehen. Hier haben wir die nötige Ruhe. Denn ich habe eine Aufgabe zu erfüllen, und ich möchte sie bitten, mir dabei zu helfen. Dafür erhalten sie von mir Informationen, die ganz sicher ihr zukünftiges Leben beeinflußen werden.“
Wow, dachte ich, was für'n Spinner. Den hörst du dir auf alle Fälle an. Nur wieso war der alte Vesterhof so verstört?
Wir betraten die Kirche. Durch die Fenster schien ein farbdurchtränktes Licht, das genau die mystische Atmosphäre schaffte für das, was wir jetzt hören sollten.
Wir setzten uns in die erste Bankreihe. Gaz in die Mitte. Er holte ein ledernes dünnes Buch unter seinem Umhang hervor und legte es auf den Schoß. Deutlich konnte ich seine Initialen als Prägearbeit auf dem Deckel erkennen: GT.

Für Augenblicke blieb er stumm und schaute zum Altar.
Der versteht es, seinen Auftritt vorzubereiten, dachte ich, als er zu mir rüberblickte und sagte: „Auftritte hatte ich schon viele. Heute ist der Wichtigste."
Der kann doch nicht etwa Gedanken lesen? Ich war etwas beeindruckt. Paul schaute unruhig auf die Uhr. Er war neugierig auf das, was der Fremde erzählen wollte, gleichwohl hatte er gegen ein Uhr einen weiteren Termin in Goch, diesmal ohne Chris.
„Was ich ihnen jetzt erzählen werde, meine Herren, klingt unglaublich, obwohl es wahr ist. Hören sie mir zu und fragen sie erst, wenn ich ihnen alles erzählt habe. Ich weiß, sie werden zweifeln, aber ich sage, es entspricht der Wahrheit.
Paul und ich waren fest entschlossen, gnadenlos zuzuhören, egal was man uns auftischen wollte. In unserem Beruf hatten wir schon oft mit den tollsten Geschichtenerzählern zu tun.
Gaz Togdor setzte sich zurück, den Hut immer noch auf dem Kopf. Er umfasste das Buch und begann zu erzählen:

„Es begann vor 70.000 Jahren, als auf einem Erkundungsflug im hohen Norden des heutigen Skandinavien zwei ferngesteuerte Schiffe der Tagooner Flotte in ein Unwetter gerieten und auf die Erde stürzten. Damals war der ganze nördliche Kontinent von Jahre anhal-

tenden Unwettern heimgesucht, sodaß eine Bergung der Schiffe zu diesem Zeitpunkt nicht möglich war. Die Schiffe, wahrscheinlich ohnehin durch den Aufprall halb im Erdboden versunken, waren unfähig, sich selbst zu befreien. Tausende Jahre waren sie gefangen im hohen Norden, wo durch die Nähe zum Nordpol und durch ständige atmosphärische Störungen jegliches Senden von Signalen erfolglos blieb.

Dann kamen die großen Eiszeiten, deren gigantische Gletscher mit ungeheurer Gewalt ständig den Boden mit allem, was darin war, gen Süden vor sich her schoben. Eines der Schiffe befindet sich tief in der Endmoräne, die hier heute als Hügelkette die Landschaft prägt. Jahrtausende sollte es dauern, bis Erosionen und künstliche Eingriffe in das Erdreich, diesem Schiff eine Befreiung ermöglichen konnte.

Vor 700 Jahren begann das im Geröll der Endmoräne festsitzende Schiff, alljährlich einmal Signale auszusenden. Vor dreihundert Jahren war es dann soweit: Das Schiff wurde entdeckt und lokalisiert. Doch noch war an eine Befreiung nicht zu denken. Das ungeheure Gewicht der darüberliegenden Erd- und Geröllschichten machte einen Start unmöglich. Wir wußten, daß es nochmals 300 Jahre dauern würde, bis die aufgestaute Restenergie des Schiffes für einen Start ausreichen würde. Um den Start allerdings zu ermöglichen, ist ein Impulsgeber nötig: Das TAGOON.“

Gaz Togdor holte eine alte Zeichnung aus seinem Buch heraus, und zeigte sie uns. Zu sehen war ein kreuzförmiges Gebilde, in dessen Mitte sich eine Pyramide erhob.
Paul schaute erneut auf seine Uhr.
„Meine Herren“, fuhr der seltsame Erzähler fort, *„dieses TAGOON benötigt, um ein selbständiger flugfähiger Impulsgeber zu werden, ein zusätzliches Steuerungsmodul. Das ist ein goldener Würfel. Zusammengebracht kann er, wie auf dem Heimatplaneten üblich, das Schiff starten.“*
„Wie bei uns die Zündkerzen, oder?“ fragte ich ein wenig belustigt, „ohne die fährt ein Auto nämlich auch nicht.“
„Vielleicht so ähnlich“, räumte Togdor ein, *„nur bringt das TAGOON viel mehr Energie zustande. Allerdings braucht das TAGOON zur Erreichung der vollen Startleistung die Unterstützung eines Energiefeldes, wie es Pyramiden erzeugen. So war es notwendig, eine Markierung für den Fundort und gleichzeitig die pyramidenähnliche Startvoraussetzung für das Schiff zu schaffen.*
So beschloß man, hier in seiner unmittelbarer Nähe mit dem Bau dieser Startvoraussetzung zu beginnen. Zudem sollten Fremde angesiedelt werden, um für den Erhalt dieser Vorrichtung zu sorgen bis zum Jahre 2002, das Jahr der Befreiung und des Rückflugs. Das Volk war schon Jahrzehnte vorher erwählt, die

Erlaubnis zum Siedeln früh durch die Obrigkeit erteilt. Alles lief seinen Gang. Die altverwurzelte, katholische Bevölkerung akzeptierte die Neuen, ohne zu engen Kontakt zu pflegen. So war es möglich, 1820 endlich mit der geometrischen Ortsgestaltung zu beginnen. Die alten Siedlerfamilien der ersten Generation wurden in das Geheimnis des TAGOON eingewiesen und mit der Errichtung der Ortsanlage betraut. Diese Anlage sollte eine exakte Vergrößerung des TAGOON darstellen in genau definierten Maßen. An sämtlichen vorgegebenen Eckpunkten des inneren Quadrats sollten 30 Zentimeter lange Goldstangen von 3 Zentimeter Dicke zwei Meter tief in den Boden eingesetzt werden. Gerade so tief, daß kein Pflug die Position verändern kann. Wenn zu vorgegebener Zeit das TAGOON und der Würfel sich verbinden, schweben sie in die Position einer klassischen Pyramidenspitze hoch über dem Mittelpunkt des Quadrates. Ist diese neue Position erreicht, wird im gleichen Augenblick ein enormer Energiefluß von den vergrabenen Goldstangen zum TAGOON stattfinden. Diese Kraft wird dann den Startimpuls für das Schiff bilden, das dann mit ungeheurer Wucht aus dem Boden gerissen wird, um aufzusteigen. Es wird eine Katastrophe für die Region und die Menschen hier sein. Und deshalb bin ich hier. Helfen sie mir, die Menschen zu warnen. Die Zeichen haben begonnen. Ich bezweifle aber, daß man sie deuten wird. Wir müssen sie warnen! Und dafür brauche ich ihre Hilfe.“

Togdor lehnte sich zurück und schwieg.
„Puuh, das ist stark“, sagte ich nach einigen Augenblicken.
Paul stand auf und meinte zu mir, während er sich an die Stirn tippte: „Okay. Ist verdammt spannend, aber ich muß euch jetzt leider verlassen. Chris, wir reden heut nachmittag darüber, ja?“
Ich war noch in der Geschichte und meinte nur: „Jaja. Hier sind die Autoschlüssel.“ Ursprünglich wollte ich mit nach Goch fahren, wenn auch nicht mit zu Pauls Termin.
„Herr Togdor, ich würde gerne noch mehr erfahren. Wäre es möglich, daß sie mich gleich nach Kleve bringen? Wie sind sie eigentlich hier – doch mit dem Auto, oder?“
Togdor nickte: „Selbstverständlich bringe ich sie zurück nach Kleve. Ihretwegen bin ich doch aus Heidelberg hergekommen.“
„Seinetwegen?“ fragte Paul. Er nahm meine Wagenschlüssel vom Mazda und ging kopfschüttelnd zum Ausgang. Er drehte sich am Tor noch einmal um. Was für ein seltsamer Mann, dachte er. „Tschüß, bis um drei in der Redaktion. Dann hast du den Wagen wieder, Chris.“
„Aber bitte heil“, lachte ich hinter ihm her.
Jetzt waren wir allein im Gotteshaus.
„Er glaubt mir nicht, ihr Freund. Und sie? Glauben sie mir?“ fragte Togdor eindringlich.

Ich zögerte: „Ja ich weiß nicht. Hört sich heftig nach Science Fiction an. Müssen sie doch auch zugeben, oder?"
Togdor stand auf und ging einige Schritte auf und ab. Dann blieb er stehen und sah mir fest in die Augen. „Chris van Heuvel, ich werde ihnen jetzt etwas sagen und dann werden sie mir glauben und mir helfen."
Mein Gott, wie theatralisch, dachte ich, nur zu, man wird sehen.
„Daß wir jetzt hier zusammenstehen, hat seinen Grund. Sprach ihre Mutter jemals darüber, daß sie außer ihrem Vater noch einen anderen Mann geliebt hat, kurz bevor sie geboren wurden. Einen Victor?"
„Ja. Sie erzählte mal von einem Victor, der bedauerlicherweise ein halbes Jahr vor meiner Geburt durch einen Verkehrsunfall umgekommen war."
„Daß sie keine Geschwister haben", fuhr Gaz Togdor fort, „lag daran, daß ihr Vater keine Kinder zeugen konnte, daß ihr Vater eigentlich gar nicht ihr leiblicher Vater ist – sondern Victor."
Ich saß mucksmäuschenstill in der Bank und traute meinen Ohren nicht. Niemand wußte davon. Ich hatte es von meinen Eltern erfahren, als ich mich nach Geschwistern erkundigte. Meine Eltern haben mir alles sehr gefühlvoll erklärt. Wer mein leiblicher Vater war, wollte ich nie wissen. Nur daß er Victor hieß, wußte ich. Den Nachnamen hatte man mir verschwiegen. Woher wußte dieser Mann das alles?

„Ich sehe, sie sind überrascht, Chris, und ich werde sie noch mehr verblüffen. Ich sagte bereits, daß unser Treffen kein Zufall ist. Sie sind ein Nachfahre der ersten Siedler aus der Kurpfalz. Ja, mein Freund, sie haben Pfälzerblut in ihren Adern."

„Dann war mein leiblicher Vater ..."

Togdor beendete den Satz: „... der Sohn des Alten mit dem Fahrrad vorhin!"

„Vesterhof", stotterte ich, „Klaus Vesterhof ist mein Großvater?"

„So ist es. Und darum werden sie wie alle ihre Vorfahren ihren Teil dazu beitragen, daß das Schiff wieder die Erde verlassen kann und daß bei diesem unausweichlichen Ereignis weder Mensch noch Tier zu Schaden kommt."

Togdor packte mich bei den Schultern: „ Retten sie die vielen nichtsahnenden Niederrheiner vor dem sicheren Tod. Klären sie auf – warnen sie."

„Aber auf mich wird niemand hören", entgegnete ich, „und die offiziellen Stellen haben ohnehin schon ein Auge auf mich geworfen. Würde ich rumziehen und den Leuten erzählen, ein riesiges Raumschiff liegt in der Endmoräne – bringt euch in Sicherheit, wäre ich ganz schnell ein toter Mann. Ich habe selbst gesehen, wie auf einen jungen Mann, der zuviel gesehen hatte, geschossen wurde."

„Gemeinsam müssen wir den Offiziellen wie der Öffentlichkeit die Gefahr erläutern, in die sich alle

begeben. Wenn sie sich bis zum Jahre 2002 nicht aus diesem Gebiet entfernen, sind sie verloren", erwiderte er.
Als wir aus der Kirche kamen und zu Gaz Togdors Auto gingen, sah ich an der Gabelung Richtung Hauptstraße jenen alten Mann stehen, der nun mein Großvater war. Er war nochmals aus seinem Haus gekommen und schien auf uns gewartet zu haben. In der Hand hielt er ein Bild, auf das er immer wieder blickte und dann wieder zu Gaz Togdor.
Gaz brachte mich nach Kleve. Ich stand immer noch unter den Eindrücken seiner Erzählung. Er lud mich zum Essen ein. Doch danach war mir absolut nicht zumute. Mir gingen tausend Dinge durch den Kopf. Wie sollte ich meiner Mutter, meinen Freunden und Bekannten erklären, daß sie hier weg müßten, weil ein Ufo unter uns liegt. Mann, die würden mich zum Spinner des Jahres küren. Oder mein Chef und die Kollegen?
„Wenn wir nur einen handfesten Beweis hätten", sagte ich plötzlich, „dann könnte man etwas vorlegen, dann hätte man was. Das wäre einfacher."
„Solch einen Beweis gibt es", entgegnete Togdor, der auch in seinem roten Benz den auffälligen Hut nicht abnahm.

Nachdem Paul sich verabschiedet hatte, stieg er in meinen silbernen Mazda und bog in die Pfalzdorfer Straße ein. Weil ihn die Sonne blendete, suchte er im Handschuhfach nach einer Sonnenbrille. Dort lag nur meine ‚Highway-Policeman'-Brille. Paul war's in diesem Augenblick egal und er setzte sie auf. Das war ein fataler Fehler.
Niemandem war aufgefallen, daß seit 12.00 Uhr zwei Männer in einem schwarzen Audi wartete. Als dann der Mazda startete und an ihnen vorbeifuhr, erkannten sie, daß der Fahrer eine verspiegelte Sonnenbrille trug. Sie setzten ihr Fahrzeug in Gang und folgten dem Mazda in Richtung Goch.

Paul hatte keinen blassen Schimmer, wo der schwarze Wagen neben ihm auf der Uedemer Straße plötzlich herkam. Und dann ging alles ganz schnell. Mit gekonntem hartem Schwenk schubste der dunkle Wagen den Mazda bei 100 km/h rechts in die Straßenböschung, bevor Paul noch reagieren konnte. Der Wagen überschlug sich mehrmals, knickte einen jungen Baum ab und blieb auf dem Dach liegen. Der schwarze Wagen raste davon. Niemand hatte die Rempelei beobachtet. Aber schon Sekunden später wurde durch einen anderen Autofahrer per Autotelefon Notarzt und Polizei herbeigerufen. Der Fahrer des Mazda hing besinnungslos in den Gurten. Die Sonnenbrille fiel von Pauls Nase und blieb wippend am Innenspiegel hängen.

Ich erfuhr von dem Unfall erst um 14.00 Uhr, als ich wieder in die Redaktion kam, Gaz Togdor im Gefolge. Wir hatten uns geeinigt, daß er mit zur Redaktion gehen sollte. Wir waren keine zwei Minuten in Smeets Büro, als Stephan Rose an die Tür klopfte, hineinkam und uns mitteilte, daß Nina, Pauls Frau, gerade angerufen hatte. Paul befand sich im Gocher Krankenhaus und hatte, weil er angeschnallt war, keine lebensgefährlichen Verletzungen davongetragen, Prellungen und ein Schleudertrauma. Er hat Schwein gehabt. Besucht werden durfte Paul frühestens gegen abend. Der Wagen sei allerdings schrottreif.
„Was ist passiert?" wollte Smeets sofort wissen.
„Autofahrer haben ihn neben der Straße auf dem Dach liegend gefunden. Es sollen keine Bremsspuren zu sehen sein." Rose ging wieder.
„Der Mazda im Eimer – scheiße – zum Glück ist er Vollkasko versichert. Aber Hauptsache, Paul ist nichts Schlimmeres passiert", sagte ich und vergaß für einen Augenblick den Zweck unseres Besuchs, „ich fahr' nachher noch hin."

Togdor sah mich an: „Kommt das häufiger vor, daß der Kollege mit ihrem Wagen fährt?“ fragte er.
„Nee, eher selten.“
„Nun, was ist, meine Herren?“ fragte Smeets, als wir uns wieder ihm zuwandten.
„Herr Smeets, Gaz Togdor ist aus Heidelberg an den Niederrhein gekommen, weil es hier ein Geheimnis gibt, daß -äh – mit dem Fund bei Louisendorf zu tun haben könnte. Ich bitte sie, sich mal die unglaubliche Geschichte anzuhören, bitte Herr Togdor!“ Mit einer Handbewegung forderte ich ihn auf, einfach loszulegen.
Während Togdor die komplette Story erzählte, mußte ich an Paul denken.

Professor Togdor war gerade in seiner Erzählung bei der Pyramide angelangt, als ein Anruf zu Smeets durchgestellt wurde. Mit einem kurzen: „Entschuldigen sie“, unterbrach er den Vortragenden und ging ans Telefon: „Ja bitte, Rheinische Post Kleve, Smeets.“
„Hören sie gut zu“, ertönte eine männliche Stimme, „es ist nie gut gewesen, nach Dingen zu suchen, die einen nichts angehen. Haltet euch also von Louisendorf und den Bomben fern. Wenn jemand seine Nase zu tief in die Sache steckt, kann es ihm ergehen wie ihrem Mitarbeiter Chris van Heuvel!“
Dann legte der Mann auf.

Ich pfiff durch die Zähne. Smeets hatte nach den ersten Worten auf Lautsprecher geschaltet, so daß Togdor und ich mithören konnten.
„Das war ein Anschlag – und die dachten, ich wäre das im Mazda gewesen. Mein lieber Mann.“
Smeets ergriff das Wort: „Meine Herren, das hört sich alles sehr toll an: TAGOON, Raumschiff usw. Nur, wenn das eintreffen sollte, muß ich dafür einen knallharten Beweis haben. Wir können doch auf Grund einer solchen Geschichte nicht die Leute hier verrückt machen. Oder gar auf Verdacht den ganzen Niederrhein in Sicherheit bringen. Wie stellen sie sich das vor. Nein, nein! Erst einen wirklichen Beweis. Dann sehen wir weiter.“
„Ja ist denn der vorgetäuschte Unfall nicht auch schon ein Beweis, daß hier was im Busch ist? Weshalb reagieren Militär und Behörden denn so nervös?“ fragte ich angesichts des Unfalls leicht aufgebracht.
„In der Tat“, entgegnete Smeets, „haben sich die Militärs äußerst zurückhaltend benommen. Sogar ablehnend. Das kenn' ich sonst gar nicht von denen.“
„Wenn sie gestatten, der Professor und ich wollten noch nach Goch in die Kaserne. Wir haben dort für 16.00 Uhr einen Termin beim Kommandeur. Laut Infos habe ich heute keine Fotojobs mehr.Die Fotos vom Gocher Kirchturm liegen in der Redaktion.“
„Na schön“, winkte Smeets uns zur Tür hinaus, und – bringt einen Beweis.“

„Morgen muß ich mir ein neues Auto besorgen“, sagte ich zu Gaz Togdor, als wir mit dem roten Benz zur Kaserne fuhren. Unterwegs erfuhr ich dann, daß er einen Lehrstuhl an der Universität in Heidelberg hatte, Fachgebiet *‚Mythologische Geschichte‘*.

Nach einer halben Stunde waren wir wieder aus der Kaserne raus. Der Oberst und noch drei weitere Offiziere hatten nichts besseres zu tun, als sich über uns, insbesondere den Professor lustig zu machen. Alles Humbug, waren ihre Worte, und forderten belustigt Beweise. Danach wäre man bereit, eventuell etwas zu unternehmen.
Natürlich ahnten wir, daß in diesem Augenblick aus dem Zimmer des Oberst ganz heiße Telefonate geführt wurden. Nur ob das gut für uns war, bezweifelten wir.
„Ich glaube, Chris, das sie so langsam in Gefahr geraten“, meinte der Professor, als wir in den Wagen stiegen.
„Herr Professor, sie sagten, es gäbe den Beweis. Wo ist der denn?“
„Der Beweis ist das TAGOON selbst. Vielmehr ein irdisch angefertigtes Duplikat. Dieses bekamen 1818 die Pfälzer als Vorgabe für den Verteilungsplan der neuen Ansiedlung. Diese Form mußte exakt in einer vorgegebenen Vergößerung in den Verteilungsplan eingebaut werden. Sie darf bis zum Jahre 2002, wie sie

wissen, nicht verändert werden. Das Original war nur für die Dauer der Kopie-Anfertigung in Pfälzerhand. Seit 1812 war die Kopie im Besitz der Grossards. Die Ortsanlage des neuen Louisendorfs war gelungen und sah prächtig aus. Im Jahre 1822 verschwand das Duplikat während eines Nachts bei einem Einbruch im Haus der Grossards. Bis heute ist dieses TAGOON nicht wieder aufgetaucht. Man nimmt an, daß es den Niederrhein nie verlassen hat." Professor Togdor schaute etwas abwesend die Pfalzdorfer Straße entlang und ergänzte: „Diese Kopie suche ich schon mein halbes Leben lang. Es MUSS hier sein!"
Ich bat ihn, da wir schon in Goch waren, mich noch zum Krankenhaus zu bringen. Ich wollte Paul unbedingt besuchen.
Ich zeigte ihm den Weg. Dann verabschiedete er sich mit den Worten, daß er mich morgen noch besuchen käme. Als ich ihm meine Adresse geben wollte, behauptete er, sie schon seit Jahren zu kennen.
Dieser Mann war unheimlich und er war ein bißchen verrückt. Ich weiß, was ich in der Grube gesehen habe – aber diese Geschichte war doch ein bißchen dick aufgetragen.
Und ich hatte vergessen, zu fragen, wo er abgestiegen war.

Leider war mein Besuch doch noch zu früh. Paul schlief tief und fest. Ich stellte ein Mitbringsel auf

seinen Tisch und nahm mir vor, am nächsten Tag wiederzukommen. Per Taxi besuchte ich anschließend Nina und ihren Sohn, die nur wenige Straßen entfernt wohnten. Sie hatte den ganzen Nachmittag im Krankenhaus an Pauls Bett verbracht. Der Junge war derweil bei einer Freundin.
Nina war ziemlich fertig. Während meines Besuchs schimpfte sie immer wieder auf seine Arbeit, daß sie nie wüßte, wo er gerade recherchiert, ob's gefährlich wird oder nicht. Wenn Paul wieder auf dem Damm ist, wollte sie mit ihm reden.

Ich blieb bis 21.00 Uhr bei Nina, da sie mich einlud, zum Essen zu bleiben. Nina konnte man die Schwangerschaft mit ihrem zweiten Kind deutlich ansehen. Mir fiel ein, was der Professor sagte vom Jahr 2002. Wenn da etwas dran ist, muß ich Nina nicht davon erzählen? Ja, aber bestimmt nicht, solange sie das Kind noch nicht bekommen hat.
Wir hofften noch auf einen Anruf aus der Klinik, daß Paul wach wäre und ob wir noch kommen könnten.
Ich nahm mir erneut ein Taxi, daß mich nach Kleve brachte. Diesmal nahmen wir die B9. Als wir an Pfalzdorf vorbei kamen, fielen mir wieder Togdors Worte ein: Ich ein Nachkomme der alten Pfälzer? Ich werde diese Information erst einmal für mich behalten. Und gegenüber Klaus Vesterhof? Ach, was soll ich den alten Mann noch in Aufregung versetzen.

Der Taxifahrer setzte mich direkt vor dem Haus ab. Als ich meine Wohnungstür öffnen wollte, durchzuckte es mich. Die Tür war offen. Draußen dämmerte es langsam, so daß im Treppenhaus schon das Licht eingeschaltet werden mußte. Gerade wollte ich die Tür weiter aufmachen, da sprang das Flurlicht aus. Verdammt noch mal, hab' ich einen Schreck gekriegt. Erneut drückte ich den Lichtschalter. Ich hielt den Atem an und horchte. In der Wohnung war alles ruhig. Vorsichtig schlich ich hinein. Ich hatte keine Lust, nochmal was über die Rübe zu kriegen. Als ich drin war, schaltete ich das Licht ein.
„Oh Gott", dachte ich, „was ist denn hier passiert?" Alles war durchwühlt, ungeschmissen. Was gab es bei mir schon zu klauen, dachte ich. Der Küchenschrank war durchwühlt, das Geschirr lag zerbrochen auf dem Boden. Im Wohnzimmer waren die Sessel umgeworfen und die Bilder von der Wand gerissen. Mir kam ein Gedanke. Ich kletterte über das Chaos, ging in das ebenfalls heftig durchwühlte Arbeitszimmer und schaute mich um. Da wußte ich, was der oder die Einbrecher gesucht haben: Die von Paul und mir akribisch zusammengestellten Unterlagen über die Bombenfunderkenntnisse. Die Ordner 1991, 1992 und 1993 ließen sie komplett mitgehen – mit allen entscheidenden Fotos, Notizen und Interviews. Und meine komplette Fotoausrüstung fehlte, soweit nicht einzelne Teile davon in der Redaktion waren. Wer hier

gewesen war, konnte ich ahnen. Prüfend glitt mein Blick über die durcheinandergewirbelten Regale. Da war er, der Abiturordner '83. Den haben sie nicht gründlich genug durchgeblättert. Er enthielt alle Rohnotizen. Nur keine Fotos. Besonders die Fotos, die ich aus Vesterhofs Dachfenster geschossen hatte, waren bis auf eine Dreier-Serie futsch.
Keine Fotos, kein Beweis, niemand, der einem so recht glaubt. Der Freund im Krankenhaus. Michael Loogen scheinbar verschwunden – oder vielleicht sogar tot. Sollte ich da noch weitermachen?
Die halbe Nacht hatte ich nötig, die Wohnung wieder in einen halbwegs bewohnbaren Zustand zu bringen.
Morgen würde ich Gaz Togdor wieder treffen. Der sollte mir sagen, was ich machen kann.
Doch Professor Gaz Togdor sah ich in den nächsten Tagen nicht wieder.
Ich hatte schließlich die ganze Sache auf sich beruhen lassen. Paul kam nach seiner Genesung wieder zur Arbeit. Aber er hatte sich verändert. In seiner Ehe kriselte es immer mehr.

Nach kürzester Zeit sah man an der Ecke Uedemer Straße, Pfälzerstraße nicht die Spur mehr davon, daß hier einmal eine Kiesgrube existierte mit einem Zaun drumherum. In den umliegenden Kneipen klagten nach wie vor Leute über Kopfschmerzen, besonders, wenn ihre Radtouren in der Nähe des Tannenbusch stattfanden. Die Loogens verkauften ihren Hof und zogen weg, nachdem die Kopfschmerzen von Maria Loogen wieder extrem zugenommen hatten.

Auch für mich verstaubte die 93er Geschichte langsam – bis 1997. Als ich einen Anruf aus Heidelberg bekam von Gaz Tagdor.
Und alles sollte von vorne losgehen.

Trügerischer Niederrhein

Freitag, 14. Maerz '97

Wim wollte in Arnheim an der Hochschule und bei offiziellen Stellen nachfragen, ob in den Niederlanden irgendwelche Hinweise gesammelt worden sind, die Ähnlichkeit haben mit den Werten vom Klever Raum. Paul erklärte sich bereit, Fachleute des Archäologischen Parks in Xanten zu befragen, ob denen irgendeine Information oder ein Fund merkwürdig erschien und ebenfalls Parallelen zum Fall Louisendorf aufzeigte.
Klaus Derrik und Lars Mücker überprüften unverständliche Entscheidungen im militärischen Bereich.
Hermann Cramer wollte sich mit Gemeinde- und Kreisentscheidungen bezüglich Louisendorf auf den neuesten Stand bringen und Becca und ich wollten anhand der Aufzeichnungen das Geheimnis des Würfels lösen.

Genau in einer Woche wollten wir uns bei Paul wiedersehen und unsere Informationen zusammentragen.

Freitag, 21. Maerz '97

Alle waren wieder erschienen.
Während Nachfragen im holländischen Arnheim und auch in Xanten nichts brachten, waren die Erkenntnisse der anderen umso interessanter.
Klaus Derrik und Lars Mücker rätselten über Fragen: Haben die Militärs irgendwelche Informationen über die ‚Prophezeiungen', die Togdor uns für das Jahr 2002 mitteilte?
Jedenfalls ist bekannt, daß die US-Soldaten seit etwa '76 aus Kalkar zurückgezogen wurden. Die Radarstation Uedem stellte noch 1993 ihren Betrieb ein. Wissen die Amerikaner mehr als wir? Steckt die Skylab-Aufnahme von 1973 dahinter? War eine zuverlässige Radarüberwachung hier am Unteren Niederrhein wegen der immer stärker auftretenden Signale unmöglich geworden?
Antworten bekamen wir nicht.
Und Louisendorf selbst. Was wissen die Offiziellen? Weshalb wollte der Kreis Kleve als Obere Denkmalbehörde die Anlage Louisendorf 1993 gegen den Protest der Louisendorfer komplett unter Denkmalschutz stellen? Wie sagte noch Gaz Togdor: Die Anlage darf bis zum Jahre 2002 nicht verändert werden.
Wir diskutierten darüber, ob alles nur Zufall sei oder nicht. Auf jeden Fall wollten wir es dokumentieren.

Erschreckend waren die Ergebnisse, die Becca und ich zu verzeichnen hatten. Mit Hilfe von Gaz' Aufzeichnungen aus dem ledernen Büchlein gelang es uns, hinter das Geheimnis des Würfels zu kommen. Neben seiner Eigenschaft als Ergänzungsteil für das TAGOON ist er eine Art Kalender.
Wir haben es immer und immer wieder durchgespielt. Und das Ergebnis war immer gleich: Dieser Kalender zeigte uns die genaue Stunde der Befreiung des Schiffes.
Ich erklärte es den Anwesenden: Das erste Zeichen, von dem Togdor immer sprach, muß demnach unser ‚niederrheinisches' Erdbeben vom 12. auf den 13. April 1992 gewesen sein. In dieser Nacht begann das Objekt durch Einschalten der Reserveenergien das Unternehmen ‚Rückflug'. Diese Aktivierung ließ für Augenblicke den Boden beben. Dieser Zeitpunkt war auch der Beginn für das regelmäßige Aussenden von Signalen.
Wir stellten fest, daß die Zahlen 12 und 7 entscheidende Rollen spielten bei diesem Kalender, der keine Monate oder Jahre nannte.
Seither dauerte es demnach 2 x 12 Monate, bis eines Nachts im April 1994 zwei metallische Objekte in den Himmel geschossen wurden. Ab da passierte dies 12 mal alle 7 Monate. Die Radarstationen Uedem und Aurich haben es registriert. Natürlich wußte ich mittlerweile, daß ich am 11. März keinen Kugelblitz

abgelichtet hatte, sondern einer dieser Abschüsse. Kein Wunder, daß die ‚BKA'-Leute diese Aufnahme mitgehen ließen.
Nach dem Würfelkalender verkürzen sich die Abstände dieser Abschüsse. Sie erfolgen künftig 12 mal alle 7 Wochen – danach 12 mal alle 7 Stunden ... und dann, in einer klaren Juni-Nacht reißt die Erde über der Endmoräne auf und das Schiff ist endlich wieder frei. Der Tag und die Stunde ist auch schon festgelegt.
Die ‚Metall-Abschüsse', die Klaus Derrik in den Kontrollbüchern der Radarstation zeitlich nachgeprüft hatte, bestätigten die These. 1996 war es im Januar und August, 1997 im März und Oktober – genau alle sieben Monate. Die nächste, d. h. die achte Registrierung von den zwölfen, wäre dann im Mai 1998.

Wir waren alle ziemlich geschockt. Sollten tatsächlich Togdors Erzählungen in der Kirche richtig sein? Wenn ja – wie könnten wir die Leute warnen? Gaz wollte es vor vier Jahren schon. Doch weder die offiziellen Stellen noch die Medien zeigten Interesse.
Wie sollten wir uns mitteilen, die wir so viel mehr wissen?
Paul hatte dann die beste Idee.
Er schlug vor, daß wir alles, was wir erlebt und erfahren hatten, nicht über Radio, Fernsehen oder in der Presse veröffentlichen sollten – wahrscheinlich würden unsere Warnungen sowieso ins Lächerliche

gezogen werden – sondern wir wollten die ganze Story, die so wichtig ist für den Niederrhein, als Buch herausgeben. Pauls Idee war einfach genial. In der Zeitung oder im Fernsehen wäre es eine Meldung – und vorbei. Aber als Buch mit entsprechender Werbung könnten wir über einen längeren Zeitraum den Menschen unsere Erkenntnisse mitteilen. Das Buch würde dann als Roman erscheinen – als Science Fiction. Als Unterhaltungsbuch.
Ich freute mich über Pauls Vorschlag. Jeder wollte an diesem Roman mitarbeiten, und mein Freund Dieter würde mir bestimmt bei der Realisierung dieses Romans durch entsprechende Grafiken helfen.
Wir verabredeten, daß dieser Roman Anfang '98 erscheint. Vielleicht gerade noch rechtzeitig.

Während der Entstehungszeit des Manuskriptes mußten wir bei der Recherche sehr vorsichtig vorgehen. Es war uns nicht verborgen geblieben, daß wir nicht nur abgehört wurden – zumindest Becca und ich – sondern daß wir auch beobachtet wurden. Einmal hatte man uns auch unmißverständlich gewarnt, weitere Nachforschungen im militärischen Bereich zu unternehmen. Glaubten wir jedenfalls. Es war der Beinahe-Unfall von Wim, der sehr viel Ähnlichkeit hatte mit Pauls Unfall '93.

Natürlich verhielten wir uns im Alltag völlig normal.

Wir gingen alle unseren Beschäftigungen nach. Paul überlegte, ob er wieder für eine Zeitung schreiben sollte. Ob für die RP, wußte er noch nicht.
Ich hatte nicht den Mut, mich meinem alten Großvater als Enkel vorzustellen. Mit meiner Mutter wollte ich demnächst über meine Situation reden.
Becca und ich haben uns jedenfalls entschlossen, wegzugehen – wie immer auch unsere Botschaft verstanden würde. Meine Mutter konnte ich nicht überreden, mit ins bayrische Kelheim zu kommen. Ich werde sie halt im Frühjahr 2002 rechtzeitig wegholen. Unseren Freunden erzählten wir von unserem Entschluß, fortzugehen.
Der Umzug ist für den Mai geplant. Das bedeutet, wenn dieses Buch erscheint, werden wir schon nicht mehr hier sein.

Auf Wiedersehen.

So, ich hoffe, Ihr habt begriffen, weshalb dieses Buch geschrieben werden mußte und warum ich meinen Heimatort verlasse und woanders mit Becca einen Neubeginn wage.
Ich werde diese Wohnung vermissen. Den Blick auf die Schwanenburg und das Bier im ‚Kurfürsten'.
Ich kann nicht verlangen, daß Ihr meine Geschichte sofort glaubt. Ich bitte Euch nur, die Augen offen zu halten, wenn Ihr über die sanften Hügel und Täler der Endmoräne radelt. Ich habe Louisendorf kennen- und liebengelernt. Besucht es und nehmt den eigenwilligen Charme dieses Ortes bewußter wahr als früher.
Moment mal, mein Handy.
„Ja. Hallo Becca. Na? – Gut angekommen? – Na toll. Wie? Verfolgt? Seit Nürnberg war ständig ein dunkelgrüner Volvo hinter Dir? Ist bestimmt nur Zufall. Ja, okay. Ich bin in ein paar Stunden bei Dir. Das Taxi müßte jeden Augenblick kommen, um mich zum Bahnhof zu bringen. Tschüß Schatz."

So, Euch kann ich nur sagen, achtet darauf, ob im Mai '98 die Abschüsse im Tannenbusch zu sehen sein werden. Wenn nicht – freut Euch!
Da kommt mein Taxi. Ich muß los. Macht's gut.
Übrigens haben wir uns auch die Frage gestellt, wo das zweite abgestürzte Tagooner-Schiff geblieben sein könnte.
Wir nehmen an, es liegt nördlich vom Niederrhein, tief im Boden unserer holländischen Nachbarn. Wer weiß? Wenn Ihr etwas darüber erfahrt, möchten wir bitte nichts davon wissen …

Chris